suhrkamp taschenbuch 658

[redacted]

Stanisław Lem, geboren am 12. 9. 1921 in Lwów, lebt heute in Kraków. Lem, der während des Krieges der Widerstandsbewegung angehörte, arbeitete bis zur Befreiung Polens als Autoschlosser. Nach dem Krieg studierte er Medizin in Kraków. Nach dem Staatsexamen war er als Assistent für Probleme der angewandten Psychologie am *Konserwatorium Naukoznawcze* tätig. Privat beschäftigte er sich mit Problemen der Kybernetik, der Mathematik und übersetzte wissenschaftliche Publikationen. Seit Januar 1973 liest Lem als Dozent am Lehrstuhl für polnische Literatur der Universität Kraków. Wichtige Veröffentlichungen: *Der Unbesiegbare* (1969), *Solaris* (1972), *Die vollkommene Leere* (1973), *Sterntagebücher* (1973), *Robotermärchen* (1973), *Das Hohe Schloß* (1974), *Der futurologische Kongreß* (1974), *Transfer* (1974), *Die Untersuchung* (1975), *Das Hospital der Verklärung* (1975), *Summa Technologiae* (1976), *Imaginäre Größe* (1976), *Der Schnupfen* (1977), *Phantastik und Futurologie I* (1977), *Mondnacht.* Hör- und Fernsehspiele (1977), *Die Maske. Herr F.* Zwei Erzählungen (1977), *Golem XIV und andere Prosa* (1978), *Der phantastische Lem* (1980), *Phantastik und Futurologie II* (1980).

»Die Kunst, Vorworte zu schreiben, erhebt schon lange Anspruch auf ein Heimatrecht. Und ich spüre schon längst das Bedürfnis, diesem okkupierten Schrifttum Genüge zu tun, das seit vierzig Jahrhunderten in der Sklaverei der Werke, an die es gefesselt ist, über *sich selbst* schweigt.« Mit diesem ironischen Motto beginnt das Vorwort des Autors zu seiner Sammlung imaginärer Vorworte. Das erste Buch, zu dem wir eine Einführung von Stanisław Estel lesen, ist ein Bildband mit 139 Reproduktionen. Der Leser wird es sicher bedauern, in diesem Fall nur mit dem Vorwort vorlieb nehmen zu müssen. Weitere Vorworte geben Einführungen in die *Eruntik,* das ist die Lehre von den sprechenden Bakterien, in die *Geschichte der Britischen Literatur* – entstanden aus *bits,* den »Informationshäppchen«, mit denen Großcomputer in ihrer »Ruhezeit« frei assoziieren. Die letzte Einführung gilt dem Wirken des amerikanischen Großcomputers *Golem XIV,* der einer Generation von Prozeßrechnern mit Verstandesqualitäten angehört.

Stanisław Lem
Imaginäre Größe

Aus dem Polnischen von
Caesar Rymarowicz und Jens Reuter

Phantastische Bibliothek
Band 47

Suhrkamp

Redaktion und Beratung:
Franz Rottensteiner
Titel der polnischen Originalausgabe:
Wielkość urojona Warszawa: Czytelnik 1973

suhrkamp taschenbuch 658
Erste Auflage 1981

Druck: Ebner Ulm · Printed in Germany
Umschlag nach Entwürfen von
Willy Fleckhaus und Rolf Staudt

Einführung

Die Kunst, Vorworte zu schreiben, erhebt schon lange Anspruch auf ein Heimatrecht. Und ich spüre schon längst das Bedürfnis, diesem okkupierten Schrifttum Genüge zu tun, das seit vierzig Jahrhunderten in der Sklaverei der Werke, an die es gefesselt ist, über *sich selbst* schweigt. Wann, wenn nicht in der Epoche der Ökumenisierung, das heißt der Ära der Allgründe, sollte man diese edle, bereits in der Entstehung gehemmte Gattung endlich mit Unabhängigkeit bedecken? Ich hatte zwar damit gerechnet, daß ein anderer diese Pflicht erfüllen würde, die nicht nur ästhetisch mit der Entwicklung der Kunst übereinstimmt, sondern auch moralisch dringlich geboten scheint. Leider habe ich mich verrechnet. So schaue ich vergebens und warte: Niemand unternimmt es, die Vorwortschreiberei aus dem Zwinger der Unfreiheit, aus der Tretmühle des Frondienstes herauszuführen. Also gibt es keinen anderen Rat: Ich muß selbst, obschon eher aus Pflichtgefühl denn aus einer Regung des Herzens, der Introduktionistik zu Hilfe eilen – um ihr Befreier und Geburtshelfer zu werden.

Dieses schwer geprüfte Gebiet hat sein niederes Reich, das der gedungenen Vorworte, der wergleinenen Zug- und Soldleistungen, da Sklaverei demoralisiert. Es kennt aber auch Hochnäsigkeit und Launenhaftigkeit, die banale Geste und die jerichonische Aufgeblasenheit. Neben den serienmäßigen Vorworten gibt es auch Chargen – Vorreden und Einleitungen, und auch die gewöhnlichen Vorworte sind einander nicht gleich, denn ein Vorwort zum eigenen Buch ist etwas anderes als das zu einem fremden. Auch ist es nicht dasselbe, ob man es einer ersten Auflage voranstellt oder ob man Mühe darauf verwendet, Vorworte für mehrere aufeinanderfolgende Auflagen zu vervielfältigen. Die Macht einer Sammlung selbst nichtssagender Vorworte, die ein Werk annimmt, das mit steter Zudringlichkeit verlegt worden ist, verwandelt das Papier in einen Felsen, der die Anschläge von Eiferern zunichte macht – wer nämlich wird es wagen, ein Buch mit einem solchen Brustpanzer anzugreifen, hinter dem man bereits nicht so sehr den Inhalt als vielmehr seine unantastbare Respektabilität erkennen kann.

Das Vorwort pflegt, aus Würde oder aus Stolz, eine maßvolle Ankündigung zu sein, ein vom Autor unterzeichnetes Obligo, dann wieder – eine durch Rücksichten erzwungene, flüchtige, obschon freundschaftliche Bekundung eines im Grunde geheuchelten Engagements einer Autorität für ein Buch: also sein eiserner Brief, das Geleitschreiben, der Passierschein für die große Welt, ein Viatikum aus mächtigem Mund – aber ein vergeblicher Kunstgriff, der das nach oben zieht, was doch wieder versinken wird. Unzahlbar sind diese Wechsel – und selten nur wird einer Gold ausschütten oder gar Prozente erbringen. Doch ich möchte das alles übergehen. Ich beabsichtige nicht, mich auf eine Wertung der Introduktionistik oder auch nur auf eine grundlegende Klassifizierung dieser bisher geringgeschätzten, an der Kandare gehaltenen Gattung einzulassen. Kutschpferde und Schindmähren pflegen gleichermaßen im Gespann zu gehen. Mögen sich die Linnäusse mit dieser Zugseite der Dinge befassen. Kein Vorwort von dieser Art soll meine kleine Anthologie der Befreiten Vorworte einleiten.

Man muß hier in die Tiefe gehen. Was kann ein Vorwort sein? Gewiß – eine Reklame, die einem offen ins Gesicht lügt, aber auch ein Rufen in der Wüste wie bei Johannes dem Täufer oder bei Roger Bacon. Die Überlegung zeigt uns also, daß es neben den Vorworten zu Werken auch Vorwort-Werke gibt, denn sowohl die heiligen Bücher jeglichen Glaubens als auch die Thesen und Futuromachien der Gelehrten sind Einführungen – ins Diesseits und ins Jenseits. Die Reflexion verrät also, daß das Reich der Vorworte ungleich umfassender ist als das Reich der Literatur; was diese nämlich zu *verwirklichen* versucht, verkünden die Vorworte nur aus der Ferne.

Die Antwort auf die bereits bohrende Frage, warum zum Teufel man sich in einem Kampf um die Befreiung der Vorworte einlassen solle, um sie als ein souveränes schriftstellerisches Genre vorzuschlagen, wird aus dem soeben Gesagten ersichtlich. Man kann sie entweder im Nu erteilen oder aber unter Zuhilfenahme der höheren Auslegekunst. Zunächst läßt sich dieses Projekt ganz unpathetisch – mit dem Rechenbrett in der Hand begründen. Bedroht uns nicht die Sintflut der Information? Und liegt nicht darin ihre Ungeheuerlichkeit, daß sie das Schöne durch das Schöne zermalmt und die Wahrheit durch die Wahrheit vernichtet? Und dies, weil die Stimme von einer Million Shakespeares genau denselben Radau und wütenden Lärm darstellt wie das Brüllen einer Büffelherde in der Steppe oder das Tosen der Wellen auf dem Meer. So bringen Milliardensinne, wenn sie zusammenstoßen, dem Denken keine Ehre, sondern Untergang. Ist nicht in Anbetracht dieser Fatalität nur noch das Schweigen die rettende Arche des Bündnisses zwischen Autor und Leser, da der erstere sich ein Verdienst erwirbt, indem er dem Ersinnen jeglicher Inhalte entsagt, und der zweite – indem er einem so erwiesenen Verzicht Beifall zollt? Gewiß ... und man könnte sich sogar des Schreibens der Vorworte enthalten, aber dann würde ja der Akt der manifestierten Zurückhaltung gar nicht wahrgenommen und somit auch das Opfer nicht akzeptiert werden. Daher sind meine Vorworte Ankündigungen solcher Sünden, deren ich mich enthalten werde. Diese auf der Ebene einer kühlen und rein äußerlichen Überlegung. Aber diese Kalkulation erklärt noch nicht, was die Kunst durch den verkündeten Freispruch gewinnt. Wir wissen bereits, daß auch ein Übermaß an himmlischem Manna steinigend zu wirken vermag. Wie soll man sich davor retten? Wie den Geist vor der Selbstvernagelung schützen? Und liegt tatsächlich gerade hier die Rettung, führt der einzige und gute Weg gerade durch die Vorworte?

Witold Gombrowicz, der herbeizitierte strahlende Doktor und Krautjunker-Hermeneutiker, hätte die Sache so ausgelegt. Es geht aber nicht darum, ob jemandem, und wäre es mir, der Einfall, die Vorworte von den Inhalten zu befreien, die sie ankündigen sollen, gefällt oder auch nicht gefällt. Wir sind nämlich unwiderruflich den Gesetzen der Formentwicklung ausgesetzt. Die Kunst kann nicht an einer Stelle verharren und darf sich auch nicht immerfort wiederholen: Eben deshalb darf sie nicht *nur* gefallen. Hast du ein Ei gelegt, mußt du es auch ausbrüten; schlüpft daraus ein Säuger statt eines Reptils, dann muß man ihm etwas zum Saugen geben; wenn uns also der nächste Schritt zu dem führt, was allgemeinen Unwillen, ja sogar einen Zustand des Erbrechens verursacht, so gibt es dagegen kein Mittel: Eben das haben wir uns durch eigene Arbeit erworben, so weit haben wir uns selber bereits gedrängt und gezogen, also werden wir von einem höheren Gebot aus, als es die Annehmlichkeit wäre, das Neue im Auge, im Ohr, im Geist – drehen und wenden müssen, das uns kategorisch appliziert wurde, da man es auf dem Wege zu den Höhen entdeckte, auf dem Wege dorthin, wo zwar niemand gewesen ist und auch nicht sein möchte, weil unbekannt ist, ob man es dort auch nur eine Weile aushalten kann – aber, fürwahr, das hat für die Entwicklung der Kultur nicht die geringste Bedeutung! Dieses Lemma läßt uns mit einer Desinvolture, wie sie nonchalanter Genialität eignet, eine – die alte – spontane, also unbewußte Sklaverei in eine neue verwandeln; es zerreißt nicht die Fesseln, sondern verlängert uns nur die Laufleine; und in der Tat, es treibt uns ins Ungewisse, indem es als Freiheit bezeichnet, was eine wohlverstandene Notwendigkeit ist.

Ich jedoch, ich gestehe es ehrlich, ich lechze nach einer anderen Begründung für Häresie und Auflehnung. Ich sage also: Es ist in gewisser Weise wahr, was hier erstens und zweitens behauptet wurde, aber es ist nicht die volle Wahrheit – und nicht vollends dem Zwang ähnlich; wir können nämlich, drittens, für die Kreation eine Algebra anwenden, die wir dem Allmächtigen abgeluchst haben.

Beachten Sie bitte, wie wortreich die Bibel, wie weitschweifig der Pentateuch in der Schilderung des *Resultats* der Genesis sind – und wie lakonisch im Aufzeigen ihrer Rezeptur! Das war Zeitlosigkeit und Chaos, und plötzlich – ganz unvermittelt – sagte der Herr: »Es werde Licht«, worauf dies erfolgte und basta, aber zwischen dem einen und dem anderen – hatte er da nichts gegeben, gar keine Ritze, kein Mittel? Glaube ich nicht! Zwischen dem Chaos und der Schöpfung war die reine Intention, noch nicht vom Licht getroffen, noch nicht vollends im Kosmos engagiert, noch nicht befleckt von der paradiesischen Erde.

Es gab nämlich auch damals die Entstehung von Chancen, aber noch keine Verwirklichung; es gab die Absicht, die dadurch göttlich und allmächtig war, daß sie noch nicht begonnen hatte, sich in Aktion zu verwandeln. Es gab die Verkündigung – vor der Empfängnis . . .

Wie sollte man nicht diese Lehre nutzen? Es handelt sich nicht um ein Plagiat, es geht um die Methode. Woher kam nämlich alles? Aus dem Anfang, natürlich. Und was war am Anfang? Die Einführung, wie wir bereits wissen. Ein Vorwort, aber kein selbstherrliches, egoistisches, sondern ein Vorwort zu Etwas. Widersetzen wir uns einer zügellosen Verwirklichung, wie es die Genesis war – wenden wir bei ihrem ersten Lemma die Algebra einer maßvolleren Schöpfung an!

Wir teilen nämlich das Ganze durch »etwas«. »Etwas« verschwindet dann, und zurück bleibt – als Lösung – das Vorwort, gereinigt von bösen Folgen, namentlich von allen Drohungen der Inkarnation, rein intentionell und in diesem Zustand sündenfrei. Das ist nicht die Welt, sondern nur ein Punkt ohne Dimensionen, aber darum gerade im Unendlichen. Darüber, wie man die Literatur zu ihm hinführen soll, gleich mehr. Zunächst aber wollen wir uns deren Nachbarschaft ansehen – denn sie ist ja kein Anachoret.

Alle Künste sind heutzutage bemüht, ein Rettungsmanöver durchzuführen, denn die Expansion des Schaffens wurde ihr Alpdruck, ihre Hetzjagd, ihre Flucht – die Kunst explodiert wie das Universum ins Leere, ohne Widerstand, also ohne Halt zu finden. Wenn man schon alles kann, dann ist auch das Nichts etwas wert – und so verwandelt sich das rasende Tempo in einen Rückzug, denn die Künste wollen zur Quelle zurückkehren, wissen aber nicht wie.

Die Malerei ist in ihrem brennenden Verlangen nach Grenzen in die Maler gekrochen, in ihre Haut – und so stellt der Künstler bereits sich selbst aus, ohne Bilder, er ist also ein mit Pinseln ausgepeitschter oder in Öl und in Tempera gewälzter Bilderstürmer oder aber auch völlig nackt bei der Vernissage, ohne farbliche Zutaten. Leider kann dieser Unglückselige nicht zur authentischen Nacktheit gelangen: Er ist kein Adam, sondern nur ein Herr, der sich vollends ausgezogen hat.

Und der Bildhauer, der uns seine unbehauenen Steine vorsetzt oder der durch die Ausstellung jeglichen Müll adelt, versucht ins Paläolithikum zurückzukriechen, in den Urmenschen – denn zu einem solchen, das heißt zu einem authentischen Original, möchte er werden! Doch er hat es noch weit zum Höhlenmenschen. Nicht hierlang führt der Weg zum rohen Fleisch barbarischer Expression! Naturalia non sunt turpia – das heißt aber lange noch nicht, daß jegliche primitive Verwilderung eine Rückkehr zur Natur bedeutet.

Was dann, bitte? Klären wir die Sache am Beispiel der Musik. Ihre größte und nächste Chance steht nämlich gerade vor ihr offen.

Übel tun die Komponisten, die dem Kontrapunkt die Knochen brechen und die Bachs in Computern zerstäuben – auch ein Trampeln mit Elektronen auf den Schwänzen einer hundertfach verstärkten Katze wird nichts weiter erzeugen als eine Herde künstlicher Jauler. Ein falscher Kurs und ein falscher Ton. Der zielbewußte Erlöser – der Neuerer – ist noch nicht gekommen.

Voller Ungeduld warte ich auf ihn – ich warte auf sein Werk einer *konkreten* Musik, die im *Befreien von der Lüge* in den Schoß der Natur zurückkehrt, ein Werk, das die Fixierung jener chorischen, obschon eng privaten Darbietungen sein wird, denen sich jedes Publikum im Konzertsaal widmet, da es ja nur in der Äußerlichkeit seiner Andacht kulturvoll ist, nur mit der gezähmten Peripherie der Organismen das schweißtriefende Orchester kontempliert.

Ich glaube, daß diese von hundert Mikrofonen erlauschte Sinfonie eine dunkle, monotone Instrumentation haben wird, wie sie den Därmen eignet, denn ihren klanglichen Hintergrund werden verstärkte Dünndarmbässe, also Borborygmen von Personen bilden, die in eine unabwendbare Bauchstürmerei fanatisch verbissen sind, welche im Knurren gelagert, glucksend exakt und voll eines verzweifelten Verdauungsausdrucks ist – denn authentisch, da organisch und nicht orgelhaft, ist diese Stimme der Innereien – die

Stimme des Lebens! Ich vertraue auch darauf, daß sich das Leitmotiv im Takt der Sitzperkussion entfalten wird, wie sie das Quietschen der Stühle akzentuiert, mit heftigen, spasmatischen Eingaben der Nasenwischerei und mit Akkorden glanzvoller Koloraturen des Hustens. Die Bronchien werden aufspielen ... und ich ahne hier schon so manches Solo, ausgeführt mit der Meisterschaft asthmatischer Greisenhaftigkeit, ein wahres Memento mori vivace ma non troppo, die Darbietung einer agonalen Piccoloflöte, denn die authentische Leiche wird im Dreivierteltakt mit dem künstlichen Gebiß klappern, das rechtschaffene Grab wird in der röchelnden Luftröhre pfeifen – nun, eine solche Wahrheit des sinfonischen Verdauungstrakts, dermaßen lebensecht, ist unnachahmbar.

Die gesamte somatische Initiative der Leiber, die bislang irrtümlicherweise durch die künstliche Musik übertönt wurde, ungeachtet ihrer tragisch, weil unwiderruflich eigenen Klänge, schreit nach triumphaler Revindikation – als Rückkehr zur Natur. Ich kann mich nicht täuschen – ich weiß, daß die Uraufführung der Viszeralen Sinfonie einen Durchbruch bedeuten wird, denn so und nur so wird das traditionell passive, zum Rascheln beim Auseinanderwickeln von Minzbonbons verurteilte Publikum die Initiative übernehmen – endlich! – und in der Rolle eines sich selbstverwirklichenden Orchesters die *Rückkehr zu sich selbst* aufführen – fanatisch versessen aufs Entzaubern, aufs »Entlügen« – diese Losung unseres Jahrhunderts.

Der Schöpfer und Komponist wird wieder nur ein Priester-Vermittler sein zwischen der schreckensstarren Menge und der Moira – denn das Schicksal unserer Därme ist unsere Bestimmung ...

So wird denn das distinguierte Kollektiv der Connaisseurs und Zuhörer ohne jedwedes Nebengeklimper die selbstdarstellende Sinfonie erleben, denn es wird sich bei dieser Uraufführung nur *an sich selbst* delektieren – und ängstigen . . .

Und die Literatur? Sie ahnen es wohl schon: Ich will euch euren Geist wiedergeben, in seinem ganzen Umfang, ebenso wie die viszerale Musik dem Publikum den eigenen Körper zurückgibt – das heißt, wie sie genau in der Mitte der Zivilisation zur Natur hinabsteigt.

Und eben deshalb kann die Vorwortschreiberei nicht länger unter dem Fluch der Sklaverei leben, ausgeschlossen vom Befreiungswerk. Ich wiegele also nicht nur die Belletristen und ihre Leser zum Aufstand auf. Dabei schwebt mir Auflehnung vor, keine allgemeine Verwirrung der Geister – kein Anstacheln der Theaterzuschauer, damit sie auf die Bühne kriechen oder damit die Bühne auf sie kriecht, wodurch sie unter Einbuße ihrer früheren Position, der angenehmen Überlegenheit, aus dem liquidierten Asyl des Zuschauerraums in den Kessel des heiligen Veit gestoßen werden. Keine Krämpfe und Zuckungen, nicht die abwegige Mimikry der Joga, sondern nur das Denken allein kann uns die Freiheit wiedergeben. So würdest du dich denn, verehrter Leser, wenn du mir das Recht auf den Befreiungskampf im Namen und zum Wohl der Vorworte absprechen wolltest, zur Rückschrittlichkeit, zur versteinerten Altväterlichkeit verurteilen, und selbst wenn du dir einen noch so langen Bart wachsen ließest – ins Neuzeitliche, Moderne wirst du doch nicht eingehen.

Du hingegen, mein Leser, der du erfahren bist im Antizipieren des Neuen, du Fortschrittler mit dem blitzschnellen Reflex, der du frei und ungezwungen in den Modekaskaden unserer Ära mitschwingst, du, der du ja weißt, daß wir weitergehen müssen, da wir höher geklettert sind als unser Affenurvetter (immerhin auf den Mond) – du wirst mich verstehen, wirst dich im Gefühl erfüllter Pflicht mit mir verbinden.

Ich werde dich betrügen, und gerade dafür wirst du mir Dankbarkeit erweisen; ich werde dir ein feierliches Versprechen geben, ohne im geringsten daran zu denken, es einzuhalten, und du wirst eben dadurch beruhigt sein oder wirst zumindest mit einer Meisterschaft, die der Sache würdig ist, heucheln, es sei an dem; den Stumpfsinnigen indes, die uns gemeinsam exkommunizieren möchten, wirst du entgegnen, sie seien mit ihrem Geist von der Epoche abgefallen und auf den Halden voller Müll gelandet, den die eilige Wirklichkeit ausgespien habe.

Du wirst ihnen sagen, dagegen könne man nichts tun. Ein Wechsel ohne (transzendentale) Deckung, ein (gefälschtes) Pfand, eine (undurchführbare) Ankündigung, die höchste Form des Ärgernisses – das sei eben heute die Kunst.

Also muß man gerade diese ihre Leere und diese Unausführbarkeit als Devise und Fundament hinnehmen; und deshalb habe ich, der ich das Vorwort zur Kleinen Anthologie der Vorworte schreibe, sehr wohl das Recht dazu, denn ich schlage Einführungen vor, die nirgendwohin einführen, sowie Vorreden, denen keine Reden folgen.

Aber mit jedem dieser ersten Schritte werde ich dir eine Leere von anderer Art und Bedeutungsfarbe öffnen, die in echten Heideggerschen Spektrallinien schillert. Ich werde voller Begeisterung, mit Hoffnung und großem Lärm die Türen der Altäre und Triptychen öffnen, Ikonostasen und Zarenpforten ankündigen, werde auf Stufen niederknien, die an der Schwelle von Räumen aufhören, die nicht etwa verödet sind, sondern in denen nie etwas war *und nie etwas sein wird.* Ach, dieses Spiel, das ernsthafteste von allen möglichen, geradezu tragisch, ist das Gleichnis unseres Schicksals, denn es gibt keine andere so menschliche Erfindung und keine andere Eigenschaft und Stütze der Menschheit als ein volltönendes, von Verpflichtungen befreites, unser Wesen für immer verschlingendes – Vorwort zum Nichts.

Die gesamte steinerne und grüne Welt, erstarrt und tosend, feuerrot entflammt in den Wolken und in den Sternen eingegraben, teilen wir mit den Tieren und mit den Pflanzen – das Nichts jedoch ist unsere Domäne und Spezialität. Der Entdecker des Nichts ist der Mensch. Aber es ist so schwierig, so ungewöhnlich, weil es eine unwirkliche Sache ist, die man nicht ohne eine sorgfältige Vorbereitung, nicht ohne geistige Übungen, nicht ohne eine langwierige Initiation und ohne Training versuchen kann; Unvorbereitete läßt sie zur Säule erstarren – daher muß man sich für eine Kommunikation mit dem präzis gestimmten, reich orchestrierten Nichts sehr gewissenhaft präparieren und jeden Schritt in seiner Richtung möglichst gewichtig, markant, materiell gestalten.

So werde ich denn hier Vorworte vorführen, wie man prachtvoll geschnitzte, goldgeschmiedete, mit allerhand Greifen und Grafen in majestätischen Supraporten gekrönte Türrahmen zeigt, werde bei dieser ihrer gediegenen, klangvoll massiven, uns zugewandten Seite deshalb Eide schwören, um den Leser ins Nichts zu stoßen – und ihn somit aus allen Seinsformen und Welten gleichzeitig zu drängen.

Ich gewährleiste und sichere eine wunderbare Freiheit zu, indem ich mein Wort gebe, daß dort Nichts sein wird.

Was ich dadurch gewinne? Den reichsten Zustand: den vor der Schöpfung.

Was gewinnst du, Leser? Die höchste Freiheit – denn ich werde dein Gehör mit keinem Wort im hehren Höhenflug trüben. Ich werde es nur an mich nehmen, wie ein Liebhaber eine Taube ergreift, und es, wie Davids Stein, wie einen Stein des Anstoßes, wegschleudern, damit es ins Unendliche fliegt – zu ewigem Gebrauch.

Cezary Strzybisz

NEKROBIEN

139 Reproduktionen

Einführung Stanisław Estel

VERLAG ZODIAK

Einführung

Nur wenige Jahre ist es her, da griffen die Plastiker nach dem Tode wie nach der Erlösung. Mit anatomischen und histologischen Atlanten ausgerüstet, begannen sie den Aktstudien das Gedärm herauszuzerren und in den Innereien zu wühlen, um die malträtierte Häßlichkeit unserer schamhaften Weichteile, die ganz zu Recht für den Alltag durch die Haut verhüllt sind, auf die Leinwand zu wälzen. Jedoch die Konzerte, die die Fäulnis in allen Farben des Regenbogens in den Ausstellungsräumen zu geben begann, wurden keine Sensation. Es wäre unzüchtig erschienen, wenn sich jemand von den Zuschauern getroffen gefühlt hätte, es wäre schauderhaft gewesen, wenn er erbebt wäre – doch so? Das regte nicht einmal die Tanten auf. Midas verwandelte alles in Gold, was er berührte, und die heutige Plastik liquidiert unter dem Fluch des entgegengesetzten Vorzeichens allein durch die Berührung des Pinsels den Ernst jeder Sache. Wie ein Ertrinkender greift sie nach allem und sinkt mit dem Ergriffenen auf den Grund, während die Zuschauer mit blasierter Gelassenheit dabeistehen.

Alles? Also auch den Tod? Warum hat seine Antimajestät uns nicht schockiert? Hätten uns diese blutig geschlämmten Blätter aus den vergrößerten Übersichtstafeln der Gerichtsmedizin nicht wenigstens – mit ihrem Horror – nachdenklich stimmen müssen?

Sie waren jedoch hilflos ... weil zu gekünstelt! Schon die Idee, die Erwachsenen zu erschrecken, war kindlich. Darum wollte und konnte das nicht ernst sein. Also erhielten wir statt eines Memento mori sorgsam gezauste Leichen – das allzu aufdringlich freigelegte

Geheimnis der Gräber erwies sich als eine schlüpfrige Kloake. Dieser Tod konnte nicht reden – denn er war zu ostentativ. Die armen Plastiker, denen die Natur nicht mehr genügt, sie machten sich an die Eskalation des Grand Guignol und hielten sich selbst zum Narren.

Aber was tat nach einer solchen Kompromittierung, nach diesem Fiasko des Todes eigentlich Strzybisz, daß es ihm gelang, ihn zu rehabilitieren? Was sind eigentlich seine »Nekrobien«? Sie sind doch keine Malerei. Strzybisz malt nicht, er soll noch nie in seinem Leben einen Pinsel in den Fingern gehalten haben. Es ist keine Grafik, denn er zeichnet nicht, er graviert auch in keiner Substanz, er ist kein Bildhauer – sondern einfach nur ein Fotograf. Zwar ein besonderer, denn er benutzt statt des Lichts Röntgenstrahlen.

Dieser Anatom durchdringt mit seinem Auge, den verlängerten Rüsseln der Röntgenapparate, die Körper. Die schwarzweißen Schirmbilder jedoch, die uns aus den Ärztezimmern bekannt sind, würden uns sicherlich gleichgültig lassen. Darum belebte er seine Akte. Deshalb schreiten seine Skelette mit einem so straffen, entschlossenen Schritt in den Todeshemden der Raglans, mit den Spektren der Aktentaschen. Ziemlich boshaft und eigenwillig, geben wir es zu, mehr nicht, doch er hat mit diesen Momentaufnahmen nur Maß genommen, es waren seine ersten Gehversuche – er wußte noch nicht, wie und was. Lärm erhob sich erst, als er sich erdreistete, etwas Schreckliches zu tun (obschon es eigentlich keine schrecklichen Dinge mehr geben sollte): Er hatte den Sex durchleuchtet und ihn auf diese Weise gezeigt.

Die Sammlung von Strzybisz' Arbeiten eröffnen seine »Pornogramme« – die fürwahr komisch sind, aber es ist eine recht grausame Komik. Gerade den aufdringlichsten, zügellosesten, entfesselten Sex, den Gruppensex, hat Strzybisz unter die bleiernen Blenden seiner Objektive genommen. Man schrieb, er wolle die Pornomanie verhöhnen, er habe ihr eine genaue (weil bis zum nackten Knochen geführte) Lektion erteilt, und dies sei ihm gelungen, weil diese Knochen, die ineinander verkrampft, zu geometrischen Rebussen geordnet, aus der unschuldigen Verwirrung vor dem Auge des Zuschauers plötzlich – und unheimlich – in einen modernen Totentanz, in die Laichzeit hochhüpfender Skelette überspringen. Man schrieb, er habe beabsichtigt, den Sex mit Schimpf zu überhäufen, ihn zu verspotten, und dies sei ihm gelungen.

Wirklich? Gewiß ... Aber man kann in den »Nekrobien« noch etwas mehr finden. Karikaturen? Nicht nur – denn in den »Pornogrammen« liegt immerhin ein verborgener Ernst. Zunächst wohl schon deshalb, weil Strzybisz »die Wahrheit« – und zwar die lautere Wahrheit sagt, während sie heute, falls sie nicht einer »künstlerischen Deformation« ausgesetzt wurde, als primitive Einfältigkeit gilt. Doch er ist eigentlich nur ein Zeuge, denn er durchbohrt zwar mit seinem Blick, ändert aber nichts damit. Es ist unmöglich, sich gegen dieses Zeugnis zu wehren, es abzulehnen – als Erfindung, als Konvention, als Trick, als abgekartetes Spiel –, denn er hat recht. Eine Karikatur? Bosheit? Diese Skelette sind ja in ihrer abstrakten Zeichnung – nahezu ästhetisch. Strzybisz hat nämlich sachkundig gehandelt: Er hat nicht so sehr die Knochen entblößt, das heißt die körperlichen Hüllen von ihnen gerissen, als sie vielmehr befreit – indem er rechtschaffen ihren eigenen, nicht mehr auf uns bezogenen Sinn suchte. Dadurch daß er ihre eigene Geometrie suchte, hat er sie souverän gemacht.

Diese Skelette leben, so möchte man sagen, auf eigene Weise. Er hat ihnen durch den Tod die Freiheit geschenkt, indem er die Körper verdampfen ließ, obschon gerade die Körper in den »Nekrobien« eine wichtige, wenn auch nicht sogleich wahrnehmbare Rolle spielen.

Es fällt schwer, hier auf die Einzelheiten der Röntgentechnik einzugehen, doch einige Worte der Erklärung sind unerläßlich: Hätte Strzybisz harte X-Strahlen benutzt, so wären auf seinen Aufnahmen nur die Knochen zu sehen gewesen, als scharfumrissene Streifen, als Stäbe, die durch die Dunkelheit der Gelenkspalte wie durch Schnitte segmentiert sind. Eine solche osteologische Abstraktion wäre jedoch zu rein und klar, zu präpariert ausgefallen. Er indes verfährt nie so, und die von w e i c h e n Strahlen durchleuchteten menschlichen Körper erscheinen auf seinen Aufnahmen als Anspielungen, als Andeutungen – durch die milchigen Wolken des schimmernden Scheins. So kommt es zu dem eigentlichen Effekt. Schein und Wirklichkeit wechseln einander stellenweise ab. Den mittelalterlichen, Holbeinschen Totentanz, der stillschweigend, unbewegt in uns währt, diese von dem Spektakel der glanzvollen Zivilisation unberührte Verquickung des Todes mit dem Leben, trifft Strzybisz gewissermaßen unbewußt, wie zufällig. Denn wir erkennen die gleiche heitere Beschwingtheit, diese joviale Kraft und frivole Besessenheit, die Holbein seinen Knochengerüsten verliehen hatte, und nur – oder vielmehr gerade – der Akkord der Bedeutungen, den der moderne Künstler anschlägt, ist breiter, da er die m o d e r n s t e Technik auf die ä l t e s t e Aufgabe der Gattung gerichtet hat; tatsächlich sieht gerade so der Tod mitten im Leben aus, und das ist eben die bis zu den

Knochen durchleuchtete Mechanik der sich vermehrenden Art, der die Körper als blasse Spektren assistieren.

Gut, wird gesagt, vielleicht lauert auch eine solche Philosophie darin, aber er ist doch absichtlich »aufs Ganze« gegangen – in die Leichen hat er Kopulierende versetzt, hat ein modisches Thema aufgegriffen, effektvoll, um des Effektes willen – aber ist das nicht zu billig? Liegt nicht eine gewisse Schläue in den »Pornogrammen« – oder gar Betrug? Auch an solchen Urteilen mangelt es nicht. Ich möchte nicht die Kanonen der schweren Rhetorik gegen sie ins Feld führen. Man sehe sich lieber das zweiundzwanzigste Pornogramm an, das als »Triolisten« betitelt ist.

Diese Szene ist besonders unanständig. Wenn man sie mit einer gewöhnlichen Aufnahme derselben Menschen, also mit einem Produkt der kommerziellen Pornographie vergliche, würde die Unschuld einer solchen Pornographie gegenüber dem Röntgenogramm sofort zutage treten.

Die Pornographie nämlich ist nicht unmittelbar obszön: sie erregt nur so lange, wie im Betrachter der Kampf der Begierden mit dem Engel der Kultur währt. Wenn der Teufel diesen Engel geholt hat, wenn, infolge allgemeiner Toleranz, die Schwäche des geschlechtlichen Verbots, seine völlige Wehrlosigkeit offenbar wird, wenn die Verbote auf den Müllhaufen geworfen werden – wie schnell verrät dann die Pornographie ihren unschuldigen (das heißt hier: vergeblichen) Charakter, denn sie ist ein falsches Versprechen des körperlichen Paradieses, die Ankündigung dessen, was sich tatsächlich nicht erfüllt. Sie ist eine verbotene Frucht, also liegt darin soviel Verlockung wie Verbot.

Was nämlich? Der Blick, der durch Gewöhnung erkaltet, gewahrt Nackedeis, die sich sehr angestrengt tummeln, um die im Atelier gestellten Aufgaben zu erfüllen – und wie armselig ist dieses Schauspiel! Im Betrachter erwacht nicht so sehr Verlegenheit als vielmehr das Gefühl verletzter menschlicher Solidarität, denn diese Nackedeis sielen sich so zudringlich übereinander, daß sie Kindern gleichen, die unbedingt etwas geradezu Ungeheuerliches anstellen möchten, damit die Erwachsenen ihr blaues Wunder erleben, es in Wirklichkeit aber nicht können, einfach nicht dazu imstande sind, und ihre Erfindungsgabe, erbost über die eigene Ohnmacht, strebt nicht mehr in die Richtung der Sünde und des Niedergangs, sondern nur in die Richtung einer dümmlich-kläglichen Widerwärtigkeit. Daher verbirgt sich in den krampfhaften Beschäftigungen jener großen nackten Säuger seichte Infantilität – es ist weder Hölle noch Paradies, sondern nur laue Sphäre: Langeweile, öde Fruchtlosigkeit einer schlecht bezahlten Strapaze . . .

Strzybisz' Sex jedoch ist aggressiv, weil erschrekkend und lächerlich, wie jene Höllenfahrten der zum Abgrund Verdammten auf den Bildern der alten Holländer und Italiener – wenn wir uns jedoch von diesen ins Jüngste Gericht purzelnden Sündern distanzieren können, da wir das Jenseits aufgehoben haben, was können wir dem Röntgenogramm entgegensetzen? Tragikomisch sind diese Skelette in diesem Clinch, in dem die Körper ein unüberwindliches Hindernis bilden. Knochen? Wir sehen doch gerade Menschen in einer unbeholfenen, verbissenen Umarmung, und das wirkte nur kläglich, wäre es nicht von einer gespenstischen Komik. Woher? Aus uns – wir erkennen nämlich die Wahrheit. Die Begründung dieser Clinches verflüchtigt sich zusammen mit der Körperlichkeit, daher sind diese hoffnungslosen Umarmungen unfruchtbar und abstrakt, aber auch so entsetzlich sachlich, eiskalt und weiß flammend.

Und da gibt es noch ihre Heiligkeit oder den Spott darüber, oder auch die Anspielung darauf. Nicht angehängt, nicht durch einen künstlichen Eingriff beigefügt, sondern sichtbar, denn hier umgibt ein Heiligenschein jeden Kopf – die Haare sind's, die eine blasse, runde Aureole bilden und leuchten wie auf den Heiligenbildern.

Übrigens weiß ich, wie schwer die Impulse, aus denen die Gesamtheit des Erlebens im Betrachter entsteht, zu entwirren und zu benennen sind. Für die einen ist dies buchstäblich ein Holbein redivivus, denn in der Tat ist es eine merkwürdige Rückkehr (mit elektromagnetischer Strahlung) zu den Skeletten, wie zu einem Mittelalter, das in uns erhalten ist. Andere wiederum schockieren diese Leiber als ohnmächtige Geister, die notgedrungen den schwierigen Übungen des unsichtbar gemachten Geschlechts assistieren. Jemand schrieb da noch von Gerippen, die wie Instrumente sind, herausgenommen aus Futteralen, um eine geheime Initiation zu erfüllen – man sprach deshalb von der »Mathematik«, von der »Geometrie« dieses Sexes.

All das mag sein; jedoch die Traurigkeit, mit der man Strzybisz' Ausstellung verläßt, stammt nicht von der Spekulation. Die Symbolik, in Jahrhunderten angesammelt und aus Jahrhunderten überliefert, ist, obwohl sie verstohlen vegetierte, weil wir uns von ihr losgesagt hatten, wie wir sehen – nicht untergegangen. Wir haben diese Symbolik in Signalisation umgewandelt (die Schädel mit den gekreuzten Knochen auf den Hochspannungsmasten, auf Flaschen mit Gift in der Apotheke) und in Anschauungshilfsmittel in der Schule, in die mit blitzenden Drähtchen geknüpften Gerippe der Vorlesungsräume. Wir haben sie also zum Exodus verurteilt, haben sie aus dem Leben relegiert, sind sie jedoch nie ganz losgeworden. So haben wir denn nicht vermocht, das, was im Skelett seine solideste Materialität ist, der Aussage eines Astes oder eines Balkens vergleichbar, von dem zu trennen, was in ihm das Schweigen des Schicksals, also ein Symbol darstellt, und so gerät unser Geist in jenes eigentümliche Wanken, aus dem er schließlich ins – erlösende Lachen flüchtet. Und dennoch begreifen wir, daß dies eine erzwungene Fröhlichkeit ist, daß wir sie vorschützen, um Strzybisz' Einfluß nicht zu sehr zu erliegen.

Die Erotik als hoffnungslose Vergeblichkeit der Absicht sowie Sex als Übung in Projektionsgeometrie – dies sind die beiden gegensätzlichen Extreme der »Pornogramme«. Übrigens bin ich nicht mit jenen einverstanden, die da behaupten, Strzybisz' Kunst beginne bei den »Pornogrammen« und ende dort. Wenn ich sagen sollte, welchen der Akte ich am meisten schätze, würde ich, ohne zu zögern, auf die »Schwangere« (S. 128) hinweisen. Die werdende Mutter mit dem im Schoß gebetteten Kind, dieses Skelett im Skelett ist recht grausam und keineswegs erlogen. Und in diesem großen, ausgewachsenen, wie mit weißen Flügeln, dem Beckenknochen, breit ausladenden Körper (die Röntgenstrahlen treffen die Bestimmung des Geschlechts eindrucksvoller als ein gewöhnlicher nackter Akt) – vor dem Hintergrund dieser Flügel, die schon zur Geburt geöffnet sind, das Köpfchen abgewendet, nebelhaft, weil noch nicht vollendet, – das kleine Gerippe des sich hineinschmiegenden Kindes. Wie schlecht klingen diese Worte und wie würdevoll, sauber ist doch das Ganze, das das Helldunkel des Röntgenogramms bildet. Die Schwangere in der Fülle ihrer Kräfte – und in der Fülle ihres Todes –; die Frucht des Leibes ist noch nicht geboren und hat bereits, weil gezeugt, zu sterben begonnen. Eine gewisse Gefaßtheit der Herausforderung und eine determinierte Bejahung liegt in dieser Studie.

Was wird in einem Jahr sein? Die »Nekrobien« werden in Vergessenheit geraten, brillieren werden neue Techniken und Moden (unseliger Strzybisz – wie viele Nachahmer hat er nach seinem Erfolg gefunden!). Etwa nicht? Ganz gewiß, aber dagegen gibt es kein Mittel. Doch obwohl diese Schnellebigkeit uns würgt und uns zu unablässigen Resignationen und ständigem Abschied verurteilt – hat uns Strzybisz heute großzügig beschenkt. Er ist nicht in die Abgründe der Materie hinabgestürzt, ist nicht in die Gewebe der Moose, Farnkräuter eingedrungen, hat sich nicht auf die Exotik der Ausspähung zielloser Vollkommenheiten der Natur eingelassen, auf diese Untersuchungen, mit denen die Wissenschaft die Kunst angesteckt hat. Er hat uns an den Rand unserer Körper geführt, die in nichts verdreht, übertrieben, verändert sind, sondern wirklich und echt! Damit hat er Brücken aus der Gegenwart in die Vergangenheit gebaut, indem er den Ernst wiedererweckte, den die Kunst bereits verloren zu haben schien; und es ist nicht seine Schuld, daß diese Wiedererweckung nicht länger währen kann als wenige Augenblicke.

ERUNTIK

REGINALD GULLIVER

GEORGE ALLEN & UNWIN LTD
40 Museum Street/London

EINFÜHRUNG

Der künftige Historiker wird sicherlich zwei einander durchdringende Explosionen für das zutreffendste Modell unserer Kultur halten. Die Lawinen der geistigen Produkte, die mechanisch auf den Markt geworfen werden, stoßen auf ihre Abnehmer in ebenso zufälligen Glücksfällen wie jene, die die Kollisionen der Gasmoleküle bestimmen: Niemand vermag bereits die Masse dieser Produkte in ihrer Gesamtheit zu erfassen. Und da man nirgends leichter verlorengehen kann als in der Menge, geben sich die Manager der Kultur eben dadurch, daß sie alles publizieren, was die Autoren ihnen zu liefern haben, der seligen, aber irrigen Überzeugung hin, daß nichts Wertvolles dem Verderb anheimfalle. Einzelnen Büchern gebührt Beachtung, wenn der entsprechende Fachmann dies entscheidet, der alles aus seinem Blickfeld entfernt, was seinem Sachgebiet fremd ist. Dieser Kunstgriff der Elimination ist der Abwehrreflex eines jeden Experten: Wäre er weniger rücksichtslos, würde er in einer Papiersintflut ertrinken. Infolgedessen jedoch bedroht Herrenlosigkeit, die dem zivilen Tod gleichkommt, alles, das den Klassifikationsprinzipien hohnspricht, da es völlig neu ist. Das Buch, das ich hier vorstelle, befindet sich eben im Niemandsland. Vielleicht ist es eine Frucht des Wahns, doch dann handelte es sich um Irrsinn mit präziser Methode: vielleicht ist es ein Produkt einer psychologischen Perfidie – aber dann wäre es nicht perfide genug, weil nicht leicht verkäuflich. Die Vernunft im Verein mit Hast würde ein solches Wunderding mit Schweigen übergehen, aber trotz des langweiligen Vortrags fällt darin der Geist außergewöhnlichen Ketzertums auf, der zu fesseln vermag. Die Bibliographien haben diesen Titel in die Science-fiction verbannt, jedoch wurde

diese Gegend bereits zum Abladeplatz jeglicher Absonderlichkeiten und Ungereimtheiten, die man aus den ernsteren Sphären zu relegieren wußte. Hätte Plato heute die »Republik« und Darwin »Über die Entstehung der Arten« veröffentlicht, abgestempelt mit der Losung »Phantastik«, so wären diese beiden Positionen vielleicht auf dem Straßenpflaster gelandet – und von allen gelesen, damit aber auch von niemandem bemerkt worden. Eingebettet in die sensationslüsterne Geschwätzigkeit, hätten sie keinen Einfluß auf die Entwicklung des Denkens genommen.
Dieses Buch befaßt sich mit Bakterien – doch kein Bakteriologe wird es ernst nehmen. Es betreibt eine Linguistik, die jedem Sprachwissenschaftler die Haare zu Berge stehen läßt. Eben deshalb – als Aussätziger aller wissenschaftlichen Disziplinen – muß es auf das Niveau der Science-fiction herabsinken und seine Rolle spielen, ohne freilich auf die Leser zu zählen, denn es sagt nichts aus, was den Hunger nach Abenteuer befriedigte.
Eigentlich vermag ich die »Eruntik« nicht richtig einzuschätzen, glaube jedoch, daß es für sie an einem kompetenten Vorwort gebricht. Ich usurpiere mir also diese Position aus Besorgnis: Wer kann ermessen, wieviel Wahrheit eine so weitreichende Dreistigkeit in sich birgt! Beim Blättern sieht der Band wie ein wissenschaftliches Lehrbuch aus, ist aber eine Anhäufung von Absonderlichkeiten. Literarische Phantasie scheint es nicht für sich zu beanspruchen, denn es besitzt keine künstlerische Komposition. Wenn es die Wahrheit beschreibt, so straft diese Wahrheit fast das gesamte zeitgenössische Wissen Lügen. Wenn es lügt, tut es dies in einem monströsen Ausmaß.
Wie der Autor erläutert, war die Eruntik (»Die Eruntizitätslehre«, »Erunties«, »Eruntique« – der Name stammt von »erunt« – »sie werden sein« – 3. Person Plural des

Futurs von »esse«) nicht als eine Variante der Prognostik oder der Futurologie beabsichtigt.
Man kann diese Eruntik nicht erlernen, denn niemand kennt ihre Grundlagen. Man kann mit ihrer Hilfe nicht das voraussehen, was man möchte. Es ist kein »geheimes Wissen« im Stile einer Astrologie oder Dianetik, und es ist auch keine naturkundliche Orthodoxie. So haben wir in der Tat etwas vor uns, was dazu verurteilt ist, »der Vertriebene aller Welten« zu sein.
R. Gulliver stellt sich im ersten Kapitel als ein dilettantischer Philosoph und als ein Amateur-Bakteriologe vor, der eines Tages – vor achtzehn Jahren – beschloß, Bakterien die englische Sprache zu lehren. Die Anregung hierzu war zufälliger Natur. An dem fraglichen Tage nahm er aus dem Thermostat die Petri-Schälchen heraus, jene flachen Glasgefäße, in denen die Bakterien auf Agar-Gelatine in vitro gezüchtet werden. Bis zu diesem Zeitpunkt hat er, wie er sagt, die Bakteriologie nur als ein Hobby betrieben, ohne Anspruch oder Hoffnung auf irgendeine Entdeckung. Er liebte es einfach, wie er gesteht, das Wachstum der Mikroorganismen auf dem Agarsubstrat zu beobachten: ihn verblüffte die »Erfindungsgabe« der unsichtbaren »Pflänzchen«, die auf dem trüben Nährboden Kolonien von der Größe eines Stecknadelkopfes bildeten. Um die Wirksamkeit der Antibakterienmittel zu prüfen, trug er solche verschiedenen Substanzen auf den Agarboden auf – mit der Pipette oder mit dem Tupfer; dort, wo sie ihre Wirkung zeitigen, bleibt das Agar frei von Bakterien. Und wie das manchmal Laboranten tun, schrieb R. Gulliver, nachdem er die Watte ins Antibiotikum getupft hatte, damit auf der glatten Fläche des Agar das Wort »yes«. Diese Aufschrift, die unsichtbar war, wurde am nächsten Tag erkennbar, denn die sich intensiv vermehrenden Bakterien hatten das ganze Agar mit Ausnahme der Spur, die der als Federhal-

ter benutzte Tupfer hinterlassen hatte, mit den Knötchen ihrer Kolonien bedeckt. In diesem Augenblick – so behauptet er – sei ihm zum erstenmal in den Sinn gekommen, daß man diesen Prozeß »umkehren« könnte.

Die Aufschrift war sichtbar, weil sie frei war von Bakterien. Aber wenn sich die Mikroben zu Buchstaben geordnet hätten, würden sie schreiben – und somit sich auch in der Sprache ausdrücken. Dieser Gedanke war verführerisch, aber zugleich – er räumt es ein – gänzlich unsinnig. Er hatte doch auf dem Agar das Wort »yes« geschrieben, die Bakterien hingegen hatten nur jene Aufschrift »ausgelöst«, weil sie sich in ihrem Bereich nicht vermehren konnten. Aber dieser Gedanke ließ ihm keine Ruhe mehr. Am achten Tage ging er ans Werk.

Die Bakterien sind hundertprozentig gedankenlos, also ganz bestimmt unvernünftig. Dennoch sind sie auf Grund ihrer Stellung, die sie in der Natur einnehmen, hervorragende Chemiker. Die krankheitserregenden Mikroorganismen haben es vor Hunderten von Jahrmillionen gelernt, körperliche Schranken und Abwehrkräfte der Tierorganismen zu überwinden. Man kann das begreifen, wenn man überlegt, daß sie ja seit Ewigkeit nichts anderes getan haben, also genug Zeit hatten, die aggressiven, wenngleich blinden Methoden ihrer Chemismen in die Abwehrmauer der Eiweiße, mit der sich die großen Organismen panzern, hineinzuzwängen. Auch als der Mensch in der Arena der Geschichte erschien, attackierten sie ihn und fügten ihm in den Dutzend Jahrtausenden der Existenz von Zivilisationen Leiden zu, die manchmal mit der berüchtigten tödlichen Ansteckung ganzer Völkerschaften endeten. Erst vor nicht ganz achtzig Jahren ist der Mensch zu einem mächtigeren Gegenangriff übergegangen, indem er eine ganze Armee von Kampfmitteln gegen die Bakterien einsetzte – synthetische selektive Gifte, die ihre Lebensprozesse läh-

men. In dieser doch so kurzen Zeit hat er über achtundvierzigtausend chemische antibakterielle Waffen angefertigt, die so synthetisiert sind, daß sie die empfindlichsten, neuralgischsten Punkte ihres Stoffwechsels, ihres Wachstums und ihrer Vermehrung treffen. Er tat das in dem Glauben, die Ansteckungskeime bald von der Erdoberfläche hinwegfegen zu können, doch dann konstatierte er verblüfft, daß er durch die Einschränkung der Mikrobenexpansionen – Epidemien genannt – keine einzige Krankheit restlos liquidiert hatte. Die Bakterien erwiesen sich als ein besser ausgerüsteter Gegner, als es sich die Schöpfer der selektiven Chemotherapie vorgestellt hatten. Ganz gleich, welche neuen Präparate aus der Retorte der Mensch verwendet – sie passen in diesem scheinbar ungleichen Kampf, Hekatomben an Opfern erbringend, unverzüglich die Gifte an sich an oder sich selbst an die Gifte und erzeugen Widerstandsfähigkeit.
Die Wissenschaft weiß nicht genau, wie sie das tun; das nämlich, was sie weiß, sieht überaus unglaubwürdig aus. Die Bakterien verfügen sicherlich nicht über ein theoretisches Wissen im Bereich der Chemie oder der Immunologie. Sie können weder probeweise Experimente durchführen noch strategische Beratungen abhalten; sie sind nicht imstande, das vorauszusehen, was der Mensch morgen gegen sie anwenden wird, aber sie wissen sich Rat in dieser kriegerisch unvorteilhaften Situation. Die Medizin hegt um so weniger Hoffnung, die Erde von den Krankheitserregern zu säubern, je mehr Wissen und Erfahrung sie sammelt. Gewiß: Das harte Leben der Bakterien ist die Folge ihrer Wandelbarkeit. Jedoch ungeachtet dessen, zu welchen Taktiken die Bakterien in der Not greifen, fest steht, daß sie unbewußt handeln – als mikroskopisch kleine chemische Aggregate. Die neuen Stämme verdanken ihre Resistenz nur den Erbmutationen, und diese Mutationen sind

grundsätzlich zufällig. Bezöge sich das auf den Menschen, so würde dem ungefähr das folgende Bild entsprechen: Ein unbekannter Feind, der Wissensschätze benutzt, die uns unbekannt sind, fertigt tödliche Mittel an, die wir nicht kennen, und schleudert sie in Unmengen gegen die Menschen; wir indes, massenhaft sterbend, erkennen in unserer verzweifelten Suche nach einem Antidotum als die beste Abwehrstrategie das Herausziehen von Seiten aus einem Hut, die aus einem Chemielexikon herausgerissen wurden. Vielleicht werden wir auf einer dieser Seiten die Formel des rettenden Gegenmittels finden. Man kann jedoch annehmen, daß eine Rasse, die mit dieser Methode die tödliche Gefahr abwenden möchte, eher restlos umkommen wird, als daß ihr dies mit einer solchen Lotteriemethode gelingt.

Und dennoch funktioniert diese Methode irgendwie, wenn die Bakterien sie anwenden. Es kann keine Rede davon sein, daß ihr genetischer Erbkode vorausschauend alle möglichen Strukturen der verderblichen chemischen Körper, die sich synthetisieren lassen, in sich eingeschrieben haben könnte. Solcher Verbindungen gibt es mehr als Sterne und Atome im ganzen Universum. Übrigens könnte der ärmliche Erbapparat der Bakterien nicht einmal die Information über die achtundvierzigtausend Mittel in sich aufnehmen, die der Mensch bisher im Kampf mit den Erregern verwendet hatte. Eins ist also unumstößlich: Das chemische Wissen der Bakterien, obwohl es rein »praktisch« ist, übertrifft weiterhin das hohe theoretische Wissen des Menschen.

Wenn es aber an dem ist, wenn die Bakterien über eine solche Vielseitigkeit verfügen, warum könnte man sie dann nicht für völlig neue Zwecke verwenden? Wenn man die Sache objektiv betrachtet, so ist es klar, daß es ein viel einfacheres Problem ist, ein paar Worte auf englisch zu schreiben, als ungezählte Abwehrtaktiken gegen zahllose Arten von Giften und Toxinen zu ersinnen. Hinter diesen Giften steht immerhin ein gewaltiger Apparat der modernen Wissenschaft. Bibliotheken, Laboratorien, Gelehrte und ihre Komputer – und diese Allmacht genügt immer noch nicht gegen die unsichtbaren »Pflänzchen«! Es kommt also nur darauf an, *wie* man die Bakterien zum Englischlernen zwingen könnte, *wie* man die Beherrschung der Sprache zur notwendigen Bedingung des Überdauerns machen könnte. Man muß eine Situation mit zwei und nur zwei Ausgängen schaffen: Entweder ihr lernt schreiben oder ihr kommt um.

R. Gulliver verkündet, im Prinzip könne man den goldenen Staphylokokkus oder das Grimmdarmstäbchen (Escherichia coli) die Schrift lehren, deren wir uns normal bedienen, jedoch sei dieser Unterrichtsweg unerhört mühselig und mit einer Unzahl von Hindernissen gespickt. Viel einfacher sei es, die Bakterien zu lehren, wie sie sich des Morsealphabets bedienen können, das aus Punkten und Strichen zusammengesetzt ist, um so mehr, als sie ja schon von selbst Punkte setzten. Jede Kolonie ist doch nichts anderes als ein Punkt. Kleben in einer Achse vier Punkte zusammen, so entsteht ein Strich. Ist das nicht einfach?

Dies waren die Voraussetzungen und Inspirationen R. Gullivers, die ziemlich irrsinnig klingen, so daß jeder Fachmann an dieser Stelle seinen Vortrag in die Ecke werfen würde. Wir jedoch, die wir keine Spezialisten sind, können uns über den weiteren Text beugen. R. Gulliver beschloß zunächst, das Setzen kurzer Striche auf dem Agar zur Bedingung des Überdauerns zu machen. Die ganze Schwierigkeit lag darin (so schildert er im II. Kapitel), daß hier eben von Lernen im gewöhnlichen Sinne nicht die Rede sein kann – weder im Hinblick auf die Menschen noch auf die Tiere, die ja bedingte Reflexe erwerben

können. Der Unterwiesene besitzt kein Nervensystem, hat keine Extremitäten, keine Augen, Ohren, keinen Tastsinn – er besitzt nichts außer einer unheimlichen Geläufigkeit in chemischen Verwandlungen. Sie sind sein Lebensprozeß – und das ist alles. Also muß man diesen Prozeß in den Kalligraphieunterricht einspannen – den Prozeß, und nicht die Bakterien, denn wir haben es ja hier nicht mit Personen, auch nicht mit Individuen zu tun; man muß den genetischen Kode selbst unterweisen, muß also dem Kode auf den Leib rücken und nicht den einzelnen Bakterien.
Die Bakterien verhalten sich nicht intelligent – der Kode hingegen, ihr Steuermann, bewirkt, daß sie sich völlig neuen Situationen anpassen können – sogar solchen, die ihnen nach Jahrmillionen der Vegetation zum erstenmal begegnen. Wenn es also nur gelänge, die Bedingungen so zu gestalten, daß die einzige zugängliche Taktik des Überlebens die artikulierte Schrift ist, dann wollen wir sehen, ob der Kode dieser Aufgabe gewachsen ist. Doch die obengenannte Reflexion wirft die ganze Last des Problems auf den Experimentator: er nämlich muß jene ungewöhnlichen, evolutionär bisher nichtexistenten Bedingungen bakteriellen Seins schaffen!
Die Beschreibung der Experimente, denen die weiteren Kapitel der »Eruntik« gewidmet sind, ist durch ihre Pedanterie und Umständlichkeit, durch das unablässige Spicken des Textes mit Fotogrammen, Tabellen, Diagrammen unerhört langweilig – daher fällt es schwer, sich den Inhalt anzueignen.
Aber wir wollen diese zweihundertsechzig Seiten der »Eruntik« in einer bündigen Zusammenfassung resümieren. Der Anfang war einfach. Auf dem Agar befindet sich eine einsame Kolonie der Darmbakterie (E. Coli), viermal kleiner als der Buchstabe »o«. Das Verhalten dieses grauen Flecks wird durch den mit einem Komputer verbundenen

Kopf von oben beobachtet. Die Kolonie wächst gewöhnlich zentripetal nach allen Richtungen; doch im Versuch ist das Wachstum nur in einer Achse möglich, denn das Überschreiten dieser Linie schaltet den Laserwerfer ein, der die sich »unrichtig« verhaltenden Bakterien mit Ultraviolett tötet. Wir haben eine Situation vor uns, die der eingangs geschilderten gleicht – als auf dem Agar die Aufschrift erschienen war, weil sich die Bakterien dort, wo das Agar mit dem Antibiotikum benetzt worden war, nicht entwikkeln konnten. Der Unterschied ist jetzt nur der, daß sie ausschließlich im Bereich des Strichs leben können (zuvor konnten sie es nur außerhalb desselben). Der Autor wiederholte diesen Versuch fünfundvierzigtausendmal – wozu er gleichzeitig zweitausend Petri-Schalen und ebenso viele Indikatoren benutzte, die an einen parallelen Komputer angeschlossen waren. Die Ausgaben hierfür waren beträchtlich, aber er verbrauchte nicht allzuviel Zeit, denn eine Bakteriengeneration lebt nur etwa zehn bis zwölf Minuten. Auf zwei Schalen (von zweitausend) kam es zu einer solchen Mutation, daß ein neuer Stamm des Darmbazillus (E. Coli orthogenes) entstand, der nur noch imstande war, sich in Strichen zu entwickeln; diese neue Variante bedeckte das Agar mit einer solchen Schnur: – – – – – – – – – – – – – – – –.

Die Entwicklung in einer Achse war somit eine Erbeigenschaft des mutierten Bazillus geworden. R. Gulliver vermehrte diesen Stamm und gewann ein weiteres Tausend Schälchen mit Kolonien, und somit das Versuchsgelände für den nächsten Schritt der bakteriellen Orthographie. Über Stämme, die sich abwechselnd in Punkten und Strichen ausbreiteten (·–·–·–·–), gelangte er schließlich zum Abschluß dieser Lernphase.

Die Bakterien verhielten sich entsprechend den aufgezwungenen Bedingungen, aber sie produzierten natürlich keine Schrift, sondern deren äußere Bestandteile, ohne jeden Sinngehalt. Die Kapitel IX, X und XI erläutern, wie der Autor den nächsten Schritt vollführte, oder vielmehr, wie er die E. Coli dazu zwang.

Er überlegte folgendermaßen: Man muß die Bakterien in eine solche Lage bringen, daß sie sich in einer spezifischen Weise verhalten, und dieses Verhalten, das auf dem Niveau ihrer Vegetation rein chemisch ist, wird – in visueller Hinsicht – Signalzeichen darstellen.

In vier Millionen Versuchen mazerierte R. Gulliver, pulverisierte, röstete, zerließ, koagulierte, dünstete und behandelte katalytisch Billionen von Bakterien – bis er einen solchen E.-Coli-Stamm erarbeitet hatte, der bei Lebensgefahr damit reagierte, daß er seine Kolonien in jeweils drei Punkte ordnete: ... ...

Dieser Buchstabe »s« (drei Punkte bedeuten im Morsealphabet »s«) symbolisierte »stress«, das heißt eine Notlage. Selbstverständlich begriffen die Bakterien weiterhin nichts, aber sie konnten sich nur dann retten, wenn sie mit der oben beschriebenen Anordnung ihrer Kolonien reagierten – denn dann, und nur dann hemmte der Indikator, der mit dem Komputer verbunden war, den bedrohenden Faktor (z. B. das im Agar auftauchende Gift, die auf das Agar fallenden ultravioletten Strahlen usw.). Die Bakterien, die sich *nicht* zu solchen Dreipunkteensembles ordneten, mußten restlos umkommen; auf dem Felde der Agarkämpfe und -lehren blieben nur solche übrig, die dank der Mutationen jene chemische Fähigkeit erwarben. Die Bakterien begriffen nichts . . . jedoch sie signalisierten ihren Zustand der »Lebensbedrohung« – wodurch die drei Punkte tatsächlich ein *Zeichen* wurden, das die Situation beschrieb.

R. Gulliver sah bereits, daß er einen Stamm züchten konnte, der SOS-Signale senden würde, doch er hielt diese Etappe für völlig überflüssig. Er schlug einen anderen Weg ein. Er lehrte die Bakterien, die Signale nach Art der Bedrohung zu *differenzieren.* So konnten zum Beispiel die Stämme E. Coli loquativa 67 und E. Coli philographica 213 freien Sauerstoff, der auf sie tödlich wirkt, nur dadurch aus ihrem Milieu entfernen, daß sie das Signal: . . . – – – sendeten (so – das heißt »Stress, hervorgerufen durch Sauerstoff Oxygenium«).

Der Autor gebraucht einen Euphemismus, wenn er meint, die Gewinnung von Stämmen, die ihre Bedürfnisse signalisierten, habe sich als »ziemlich knifflig« erwiesen. Die Züchtung von E. Coli numerativa, die verkündete, welche Konzentration von Wasserstoff-Ionen (pII) ihr am besten zusage, kostete ihn zwei Jahre. Proteus calculans indes begann erst nach dreijährigen Versuchen elementare arithmetische Operationen auszuführen. Er erkannte, daß zwei und zwei vier ist.

In der darauffolgenden Zeit erweiterte R. Gulliver die Basis seiner Experimente und unterwies Streptokokken und Gonokokken im Morsealphabet, aber diese Erreger erwiesen sich als begriffsstutzig. So kehrte er denn zum Darmbazillus zurück. Der Stamm 201 zeichnete sich durch mutative Anpassungsfähigkeit aus: Er sendete immer längere Berichte, sowohl beschreibende als auch fordernde, sie bezeichneten nämlich sowohl das, was den Bakterien Schwierigkeiten bereitete, als auch das, was sie sich als Nährboden wünschten. Indem er stets nur die Regel der Erhaltung der am wirksamsten mutierenden Stämme befolgte, gewann er nach elf Jahren den Stamm E. Coli eloquentissima, der sich als erster spontan und nicht nur unter dem Druck der Bedrohung zu melden begann. Der schönste Tag seines Lebens war angebrochen, sagt er, als die E. Coli eloquentissima auf das Anknipsen des Lichts im Labor mit den Worten »guten Tag« reagierte, artikuliert in Morsezeichen durch das gezielte Wachstum der Agarkolonien.

Proteus orator mirabilis 64 beherrschte die englische Syntax im Bereich des Basic English als erster. E. Coli eloquentissima machte indessen sogar in einundzwanzigtausend Generationen leider immer wieder grammatikalische Fehler. Doch mit dem Augenblick, da der genetische Kode jener Bakterien sich die Regeln der Syntax angeeignet hatte, wurde die Morsesignalisation für ihn eine der angemessensten Lebenstätigkeiten: So kam es zur Niederschrift der von den Mikroben gesendeten – Nachrichten. Zunächst waren sie nicht besonders interessant. R. Gulliver wollte den Bakterien hinlenkende Fragen stellen, aber die Schaffung einer Verbindung in beiden Richtungen erwies sich als unmöglich. Die Ursache des Fiaskos erläutert er folgendermaßen: Nicht die Bakterien artikulieren, sondern der genetische Kode *durch sie*, und dieser Kode erbt keine Merkmale, die von den einzelnen Bakterien individuell erworben werden. Der Kode äußert sich in Worten, doch während er selbst Nachrichten sendet, ist er nicht imstande, welche direkt zu empfangen. Es ist dies ein geerbtes Verhalten, da es im Kampf ums Dasein fixiert wurde: die Nachrichten, die der genetische Kode meldet, indem er Coli-Kolonien zu Morsezeichen gruppiert, sind zwar sinnvoll, aber zugleich gedankenlos; diesen Sachverhalt versinnbildlicht am besten die seit langem bekannte Reaktionsweise der Bakterien: Während sie Penicillinase erzeugen, um sich vor der Wirkung des Penicillins zu schützen, verhalten sie sich sinnvoll, aber zugleich unbewußt. So hörten denn R. Gullivers gesprächige Stämme nicht auf, »gewöhnliche Bakterien« zu sein, und das Verdienst dieses Experimentators war die Schaffung von Bedingungen, die die Eloquenz dem Erbgut der mutierten Stämme aufimpften.

So sprechen denn die Bakterien, aber man kann nicht *zu ihnen* sprechen. Diese Beschränkung ist weniger fatal, als

man meinen möchte, denn gerade dadurch hatte sich mit der Zeit jene linguistische Eigenheit der Erreger offenbart, die der Eruntik zugrunde liegt.
R. Gulliver hatte sie gar nicht erhofft: er entdeckte sie zufällig, im Zusammenhang mit neuen Experimenten, deren Ziel es war, die E. Coli poetica zu züchten. Die kurzen Verschen, die der Darmbazillus dichtete, waren höchst banal, und zugleich eigneten sie sich nicht für ein lautes Deklamieren, denn die Bakterien wissen – aus verständlichen Gründen – nichts von der Phonetik des Englischen. Daher konnten sie zwar das Metrum des Verses erlernen, aber nicht die Grundlagen des Reimens: etwas anderes als Distichen wie »Agar agar is my love as were* stated above« hat die bakterielle Poesie nicht hervorgebracht. Wie das so zu sein pflegt, kam Gulliver der Zufall zu Hilfe. Er änderte die Zusammensetzung des Nährbodens, indem er Mittel suchte, die die Bakterien zu größerer Eloquenz inspirieren sollten, wobei er das Substrat mit Präparaten sättigte, deren chemische Zusammensetzung er nebenbei verschweigt. Zunächst ergab sich daraus eine weitschweifige Geschwätzigkeit: bis am 27. November die E. Coli loquativa nach einer neuen Mutation Stress-Signale zu senden begann, obwohl nichts darauf hinwies, daß sich im Agar irgendwelche für ihre Gesundheit schädlichen Verbindungen befanden. Am nächsten Tag jedoch, neunundzwanzig Stunden nach dem Alarm, brach der Stuck über dem Labortisch ab und zerschmetterte beim Herabfallen von der Decke sämtliche Petri-Schalen, die auf dem Tisch standen. Der Autor hielt diese seltsame Tatsache zunächst für eine merkwürdige Koinzidenz, aber er führte auf alle Fälle ein Kontrollexperiment durch, das ergab, daß den Bakterien Ahnungen eigneten. Schon der erste neue Stamm – Gulliveria Coli prophetica – sagte recht ordent-

* Dieser Fehler stammt von den Bakterien.

lich die Zukunft voraus, das heißt, er versuchte sich an solche unvorteilhaften Veränderungen anzupassen, die ihm erst im Verlaufe des nächsten Tages drohten. Der Autor glaubt, er habe nichts absolut Neues entdeckt, sondern sei nur zufällig auf die Fährte eines uralten Mechanismus geraten, der den Erbeigenschaften der Mikroben innewohne und es ihnen ermögliche, die bakterioziden Techniken der Medizin wirksam zu parieren. Solange die Bakterien jedoch stumm blieben, wußten wir nicht, daß ein solcher Mechanismus existieren könne.

Die höchste Errungenschaft des Autors war die Züchtung der Gulliveria Coli prophetissima und des Proteus delphicus recte mirabilis. Diese Stämme prophezeien nämlich die Zukunft nicht nur im Bereich solcher Ereignisse, die sich auf ihre eigene Vegetation beziehen. R. Gulliver nimmt an, der Mechanismus dieses Phänomens sei rein physikalischer Natur. Die Bakterien gruppieren sich in Kolonien zu Punkten und Strichen, denn dieser Modus ist bereits eine gewöhnliche Eigenschaft ihres Erbguts; nicht etwa ein »Kassandra-Bazillus« und auch kein »Sonderling-Prophet« schwafeln hier etwas über künftige Ereignisse. Es sind nur Konstellationen physischer Vorkommnisse in einer noch im Keim steckenden unscheinbaren Form, die wir in keiner Weise aufdecken können: Sie haben Einfluß auf den Stoffwechsel, also auf den Chemismus jener mutierten Stämme gewonnen. Die biochemische Tätigkeit von Gulliveria Coli prophetissima wirkt also als Relais, das verschiedene Intervalle des Zeitraums verbindet. Die Bakterien sind ein überempfindlicher Empfänger gewisser Chancen – nichts sonst. Die bakterielle Futurologie sei zwar Wirklichkeit geworden, doch ist sie im Ergebnis grundsätzlich unberechenbar, denn eine Einflußnahme auf das die Zukunft erforschende Verhalten der Bakterien ist nicht möglich. Manchmal entwirft der Proteus mirabilis mit Morsezeichen

Zahlenreihen, und es ist dann sehr schwer festzustellen, worauf sie sich beziehen. Einmal bestimmte er ein halbes Jahr im voraus den Stand des Stromzählers im Labor. Ein andermal prophezeite er genau die Anzahl der Kätzchen, die die Katze des Nachbarn werfen würde. Den Bakterien ist ganz offensichtlich alles im Bereich des Vorhergesagten einerlei: ihr Verhältnis zu den im Morsealphabet übermittelten Inhalten ist das gleiche wie zwischen einem Rundfunkempfänger und den von ihm übertragenen Signalen. Es ließe sich noch begreifen, weshalb sie Ereignisse voraussagen, die mit ihrer Vegetation zusammenhängen; ihre Empfindlichkeit für Vorkommnisse anderer Art bleibt indes ein Rätsel. Das Bersten des Deckenputzes konnten sie dank den Veränderungen der elektrostatischen Ladungen in der Luft des Laborraumes oder dank der Vermittlung anderer physischer Erscheinungen erahnen. Der Autor weiß jedoch nicht, weshalb sie obendrein Nachrichten übermitteln, die zum Beispiel die Welt nach dem Jahr zweitausendundfünfzig betreffen.

Seine nächste Aufgabe war die Unterscheidung zwischen der bakteriellen Pseudologie, also unverantwortlichem Geschwätz, und ordentlichen Vorhersagen, und er löste diese Aufgabe auf eine ebenso einfallsreiche wie einfache Weise. Er schuf nämlich »parallele prognostische Batterien«, die er bakterielle Eruntoren nannte. Eine solche Batterie besteht aus mindestens sechzig prophetischen Stämmen der Coli sowie des Proteus. Wenn jeder von ihnen etwas anderes redet, muß die Signalisierung als wertlos angesehen werden. Wenn jedoch die Mitteilungen übereinstimmen, hat man es mit Prognosen zu tun. In besonderen Thermostaten artikulieren sie auf verschiedenen Petri-Schälchen die gleichen oder sehr ähnliche Texte. Binnen zwei Jahren hat der Autor eine Anthologie der bakteriellen Futurologie gesammelt und mit ihrer Darlegung sein Werk gekrönt.

Die besten Ergebnisse erreichte er bei den Stämmen G. Coli bibliographica und telecognitiva. Diese Stämme scheiden Fermente wie Futurase plusquamperfectiva oder futurognostisches Exzitin aus. Unter der Einwirkung dieser Fermente gewinnen sogar solche Coli-Stämme eine Voraussagefähigkeit, die, wie E. poetica, nichts weiter konnten, als schlechte Verse zu schmieden. Jedoch sind die Bakterien in ihrem weissagenden Verhalten ziemlich begrenzt. Erstens prophezeien sie keine Ereignisse unmittelbar, sondern nur so, als übermittelten sie den Inhalt von Veröffentlichungen über jene Ereignisse. Zweitens können sie sich nicht lange konzentrieren. Ihre Leistungsfähigkeit beträgt im Höchstfall fünfzehn Schreibmaschinenseiten. Drittens beziehen sich alle Texte der Bakterienautoren auf eine Periode zwischen den Jahren 2003 und 2089.
R. Gulliver räumt zwar liberal ein, daß man diese Erscheinungen unterschiedlich auslegen könne, gibt jedoch der folgenden Hypothese den Vorzug: An der Stelle seines gegenwärtigen Besitztums soll in fünfzig Jahren eine städtische Bibliothek entstehen. Der Bakterienkode verhält sich wie eine Einrichtung, die blindlings in die Bibliothek geschoben wird und wahllos irgendwelche Bände aus den Regalen wählt. Zwar gibt es diese Bände vorläufig nicht, ebensowenig wie die Bibliothek, jedoch hat R. Gulliver bereits, um die Glaubwürdigkeit der bakteriellen Voraussagen zu untermauern, sein Testament niedergeschrieben, kraft dessen seine Behausung mit Unterstützung des Magistrats eben in eine Bibliothek verwandelt werden soll. Man kann nicht behaupten, daß er auf Grund der Einflüsterungen seiner Mikroben so gehandelt hat, sondern eher umgekehrt – daß sie, die Mikroben, den Inhalt seines Testaments vorausgesehen haben, bevor es angefertigt worden war. Schwerer fällt es schon, zu erklären, woher die Erreger die Kenntnis von nicht existenten Büchern einer vor-

läufig nicht existierenden Bibliothek erlangt hatten. Auf die richtige Spur führt der Umstand, daß die Futurologie der Mikroben sich auf solche Fragmente der Werke beschränkt, die ihre Einleitung darstellen. Es sieht also so aus, als habe ein unbekannter Faktor (Strahlung?) die zugeklappten Bücher durchforscht, sie gewissermaßen durchleuchtend, und dann ist es verständlicherweise am einfachsten, den Gehalt der ersten Seiten zu sondieren, denn die nächsten sind durch die übrigen Blätter geschützt. Diesen Erklärungen gebricht es freilich an eindeutiger Klarheit. Gulliver räumt übrigens ein, daß es ein recht erheblicher Unterschied ist, ob etwa morgen der Deckenputz bersten soll oder aber welche Sätze auf den Seiten von Bänden stehen werden, mit deren Veröffentlichung man erst in fünfzig oder achtzig Jahren rechnen kann. Unser Autor bewahrt jedoch bis zuletzt seine Sachlichkeit und maßt sich nicht das Recht auf Ausschließlichkeit in der Erläuterung der Grundlagen der Eruntik an: Im Gegenteil, er ermuntert in seinen letzten Worten die Leser, seine Mühen fortzusetzen.

Dieses Buch widerlegt nicht nur die Bakteriologie, sondern die Gesamtheit unseres Wissens von der Welt. Wir möchten es in dieser Einführung keineswegs eindeutig bewerten und wollen erst recht keine Stellung zu den Ergebnissen der bakteriellen Prophezeiungen beziehen. Doch wie zweifelhaft auch die Eruntik sein mag, man muß eingestehen, daß es bisher unter den Hellsehern der Geschichte keine so tödlichen Feinde und zugleich keine so unzertrennlichen Gefährten unseres Schicksals wie die Mikroben gegeben hat. Vielleicht verdient auch die Bemerkung Beachtung, daß R. Gulliver nicht mehr unter uns weilt. Er starb wenige Monate nach dem Erscheinen der »Eruntik«, während er neue Adepten des mikrobiologischen Schrifttums, nämlich die Cholera-Bazillen unterrichtete. Er baute auf ihre Fähigkeiten, denn wie schon der Name andeutet, ist der Cholera-Kommabazillus durch die Interpunktionszeichen mit korrekter Stilistik verwandt. Verkneifen wir uns das Lächeln des Mitleids, das die Schlußfolgerung hervorrufen könnte, dies sei ein sinnloser Tod gewesen, denn durch ihn hat das Testament juristische Gültigkeit erlangt, und es wurde der Grundstein unter die Mauern der Bibliothek gelegt, ebenso der Grabstein für den, der heute noch nur ein Sonderling für uns ist. Doch wer kann wissen, was er morgen sein wird?

Juan Rambellais Jean-Marie Annax
Eino Illmainen Stewart Allporte
Guiseppe Savarini Yves Bonnecourt
Hermann Pöckelein Alois Kuentrich
Roger Gatzky

GESCHICHTE DER BITISCHEN LITERATUR

in fünf Bänden

Zweite, erweiterte Ausgabe
Redaktionsleitung: Prof. Dr. J. Rambellais

Erster Band

PRESSES UNIVERSITAIRES
PARIS 2009

Einführung

1. ALLGEMEINE BEMERKUNGEN. Unter bitischer Literatur verstehen wir jedes Erzeugnis nichtmenschlicher Herkunft, das heißt ein solches, dessen *eigentlicher* Autor kein Mensch gewesen ist (er konnte es hingegen *mittelbar* gewesen sein – indem er Tätigkeiten ausführte, die den eigentlichen Autor zu schöpferischen Akten provozierten). Die Disziplin, die die gesamte Kollektion solcher Schriften untersucht, ist die Bitistik.

Bis zum heutigen Tag ist es nicht gelungen, ihre Ansichten über das Ausmaß des untersuchten Gebiets zu vereinheitlichen. In dieser wichtigsten Frage opponieren einander zwei Richtungen oder auch zwei Schulen – die man allgemein als die Bitistik der Alten Welt (der europäischen) und die der Neuen Welt (oder der amerikanischen) bezeichnet. Die erste Schule, die im Geiste der klassischen Humanistik wirkt, untersucht die Texte sowie die sozialen Umweltbedingungen ihrer Autoren, befaßt sich hingegen *nicht* mit der aktiv-konstruktiven Seite dieser Autoren. Die andere Schule, die amerikanische, rechnet zur Bitistik ebenfalls die Anatomie und die funktionellen Aspekte der Produzenten der untersuchten Werke.

Unsere Monographie befaßt sich nicht mit der Erörterung jenes strittigen Problems, daher wollen wir in dieser Frage nur eine kurze Bemerkung wagen. Das Schweigen der traditionellen Humanistik in der Sache der »Anatomie und Physiologie« der Autoren ist durch die offensichtliche Tatsache gerechtfertigt, daß diese Autoren stets Menschen waren und sich voneinander nur so unterschieden, wie sich Geschöpfe ein und derselben Gattung voneinander unterscheiden können. Es wäre somit, wie Prof. Rambellais schreibt, ein Unding, in der Romanistik einführend die Diagnose zu stellen, daß der Verfasser von »Tristan und Isolde« oder der des »Rolandsliedes« ein vierzelliger Organismus der Festlandswirbeltiere sei, ein lebendgebärender Säuger, lungenatmend, mit Kugelgelenken usw. Hingegen ist es nicht mehr so unsinnig, zu präzisieren, daß der Autor des »Antikant«, ILLIAC 164, ein semotopologischer, seriell-paralleler, subluminaler, ausgangspolyglotter Komputer der 19. Binastie mit einem intellektronischen Potential ist, das maximal 10^{10} Epsilon-Sems pro Millimeter des n-dimensionalen konfigurativen Raums der Nutzkanäle erreicht, mit einem netzartig entfremdeten Gedächtnis und der Monosprache innerer Prozeduren vom Typ UNILING. Und dies, weil diese Daten gewisse konkrete Eigenschaften der Texte erklären, deren Autor jener ILLIAC ist. Nichtsdestoweniger, so behauptet Prof. Rambellais, braucht sich die Bitistik aus zweierlei Gründen nicht mit dieser technischen (bei einem Menschen würden wir sagen: zoologischen) Seite der Autorenpersonen zu befassen. Der erste, geringere, insofern auch der praktische, ist der, daß die Berücksichtigung dieser Anatomie ein ungewöhnlich umfassendes Wissen auf technisch-mathematischem Gebiet erfordert, daß in seinem ganzen Umfang sogar den einzelnen Spezialisten der Theorie der Automaten unzugänglich ist: In der Tat orientiert sich ein Experte, der in jene Theorie eingeführt wird, nur in einem ihrer Zweige ungezwungen, nämlich in dem, dem er sich gewidmet hat. Es geht also nicht an, von den Vertretern der Bitistik, die ihrer Ausbildung und ihrer Methode nach Humanisten sind, das zu verlangen, was sogar den professionellen Intellektronikern nicht als Ganzes zugänglich sein kann; daher zwingt der Maximalismus der amerikanischen Schule sie dazu, Forschungen in großen gemischten Kollektiven zu führen, und dies ergibt stets fatale Resultate, denn kein Ensemble, kein »Chor« von Kritikern kann wirksam einen einzigen Kritiker ersetzen, der den untersuchten Text vollständig erfaßt.

Der zweite, wichtige und prinzipielle Grund besteht eben darin, daß die Bitistik mit der eingeführten »Korrektur« oder auch »Ergänzung« des »anatomischen« Typs zum Erlahmen verurteilt ist, sooft sie ihre Aufmerksamkeit auf Texte der »bitischen Apostase« lenkt (wie wir noch weiter unten behandeln werden). Das gesamte Wissen der Intellektroniker genügt nämlich nicht mehr, um genau verstehen zu können, wie, weshalb und zu welchem Zweck ein bestimmter Autor einen bestimmten Text geschaffen hat – sofern dieser Autor aus einer beliebigen Komputerbinastie mit einer Ordnungszahl über achtzehn stammt.

Diesen Argumenten setzt die amerikanische Bitistik ihre Gegenargumente entgegen; doch wie wir bereits erklärt haben, beabsichtigt unsere Monographie nicht, diesen Streit genau zu beschreiben, und erst recht nicht – ihn zu entscheiden.

2. BESCHREIBUNG DES WERKES. Unsere Monographie stellt den Versuch eines Kompromisses zwischen den oben angedeuteten Standpunkten dar, doch insgesamt neigt sie mehr der europäischen Schule zu. Das spiegelt sich in ihrem Aufbau wider, denn nur der erste Band unter der Redaktion von Prof. Annax, an dem siebenundzwanzig verschiedene Experten mitgewirkt haben, ist den technischen Aspekten der Komputer-Autoren gewidmet. Diesen Band eröffnet die Einführung in die allgemeine Theorie finiter Automaten; in den weiteren Kapiteln bespricht er fünfundvierzig Autorensysteme, die für die bitische Literatur repräsentativ sind, sowohl einzelne (singuläre) als auch kollektive (»Autoren-Aggregate«).

Dennoch muß betont werden, daß mit Ausnahme der in den Bänden der eigentlichen Geschichte der bitischen Literatur mit einem Sternchen gekennzeichneten Hinweise das Studium dieses Werkes *nicht unbedingt* die Kenntnis des ersten Bandes erfordert.

Der eigentliche, das heißt der sachbezogene Teil der Monographie besteht aus drei Bänden, die mit den Bezeichnungen »Homotropie«, »Intertropie« sowie »Heterotropie« versehen sind, und unterliegt der allgemein üblichen Klassifizierung, die einen zugleich diachronischen wie synchronischen Charakter hat – denn die drei Hauptgebiete der bitischen Literatur, die unter den genannten Bezeichnungen erfaßt sind, verkörpern gleichzeitig die drei verschiedenen Perioden ihrer Entstehung und Entwicklung. Das Schema des gesamten Werkes wird von der folgenden Tabelle veranschaulicht.

BITISCHE LITERATUR
(nach Allporte, Illmainen und Savarini)

I. HOMOTROPIE* (homotropische; cis-humane; auch »simulative« oder »anthropomikrische« Phase)

A. Urstadium (embryonales oder prälinguistisches)
Paralexik (Neologogenese) Semolalie Semantik

B. Linguistisches Stadium (nach Allporte »verstehendes«)
Interpolative Mimese Extrapolative Mimese
Gesteuerte transzendente Mimese (»programmatisch überschreitend«)

* Diese Phase hieß früher »monetisch« oder »Monoetik«.

II. INTERTROPIE (auch »kritische Phase« oder »Interregnum«)

Kritik der Systemphilosophie

Gödelisierende (info-numerische) Prozeduren	Topologische (»kristallisierende«) Prozeduren	»Insinuative« oder (in formaler Hinsicht gemischte) »insinuierende« Prozeduren

Kritik der Linguisten

Wie oben	Wie oben	Wie oben

III. HETEROTROPIE (Apostase, trans-humane Phase)

Richtungen axiotischer Deduktion	»Empirische« Richtungen	»Ontische« Richtungen
Antimatik (»Der Begriff der natürlichen Zahl ist innerlich widersprüchlich«)	Teraphysik »In die Welt verwickelte Logiken«	Ontomachie

Ontoklasie
Verfremdungen der Gnosis
und Ontologie

Informatorische Theologie	Mathematische Theologie	Physikalistische Theologie

In genetischer Hinsicht ist die Bitistik als Resultante von mindestens drei voneinander ziemlich unabhängigen Prozessen entstanden, nämlich dem Überschreiten der sogenannten Intelligenzbarriere, das vor allem das Werk der Konstrukteure war, zweitens der weder von ihnen beabsichtigten, und erst recht nicht projektierten autoregenerativen Arbeit der Systeme (beginnend mit der 17. Binastie, das heißt den sogenannten »entspannend tätigen Stillstandszeiten«) und schließlich der Verhältnisse, die sich allmählich zwischen jenen Maschinen und den Menschen herauskristallisierten, indem sie Folgen »der wechselseitigen Beschäftigung miteinander und der Erkenntnis sowohl der beiderseitigen Möglichkeiten wie der Schranken« darstellten (Yves Bonnecourt). Die Intelligenzbarriere, die von der frühen Kybernetik vergeblich gestürmt wurde, ist, wie wir nunmehr unumstößlich wissen, eine Fiktion. Sie ist in diesem – unerwarteten – Sinne eine Fiktion, als man ihr Überschreiten durch die Maschinen unmöglich erkennen kann. Die Übergänge von »unvernünftigen«, »rein formal arbeitenden«, »schwatzenden« Maschinen zu »vernünftigen«, »Einsicht beweisenden«, »sprechenden« sind nämlich fließend in den Nuancen. Obwohl die Kategorien der »mechanischen Gedankenlosigkeit« sowie der »Denksouveränität« ihre Gültigkeit bewahrt haben, erkennen wir, daß sie von keiner genau umrissenen Grenze getrennt werden.

Die entspannende Produktivität der Maschinen wurde bereits vor fast dreißig Jahren entdeckt und registriert; es erwies sich nämlich als eine rein technische Notwendigkeit, Prototypen (beginnend mit der 15. Binastie) Erholungsperioden zu gewähren, während derer ihre Aktivität nicht erstarb, sondern sich, mangels konkreter Programmdirektiven, als ein spezifisches »Lallen« manifestierte. So zumindest wurde damals jene verbale oder quasi-mathematische Produktion interpretiert; dafür bürgerte sich sogar die Bezeichnung »Maschinenträume« ein. Nach allgemeiner Meinung brauchten jene Maschinen aktive Erholung, die ihnen eine Regeneration, also die Rückkehr zu normaler, voller Leistungsfähigkeit ermöglichte, ebenso wie eine solche Phase des Schlafs samt der dafür typischen Träume (Traumgesichte) für die Menschen unerläßlich ist. Die Bezeichnung »bitische Produktion«, die man damals für jenes »Schwatzen« und »Phantasieren« verwandte, hatte somit einen abwertenden, geringschätzigen Charakter: Die Maschinen quasselten angeblich ohne Sinn und Verstand »Bits jeglicher in ihnen enthaltenen Information« und sollten mit dieser Methode »des Mischens« die teilweise eingebüßte Leistungsfähigkeit wiedererlangen. Wir haben diese Bezeichnung übernommen, obwohl ihre Unangemessenheit auffällig ist. Wir übernahmen sie in Übereinstimmung mit der historischen Tradition aller wissenschaftlichen Namensgebung: Das erste beste Beispiel – so »Thermodynamik« – offenbart eine analoge Unangemessenheit, denn die moderne Thermodynamik ist bereichsmäßig nicht dasselbe, was sie für die früheren Physiker, die diesen Begriff geprägt hatten, einst war. Die Thermodynamik befaßt sich ja nicht nur mit »Wärmebewegungen« der Materie – und ähnlich kommt es auch nicht auf die »Bits«, also auf die Einheiten der *nichtsemantischen* Information an, wenn von bitischer Literatur die Rede ist. Aber das Einfüllen neuen Weins in alte Schläuche ist eine allgemeine Gewohnheit der Wissenschaft.

Das »wechselseitige Kennenlernen« der Maschinen und Menschen führte zu einer (mit dem Ablauf der Zeit deutlicher werdenden) Einteilung der Bitistik in zwei grundlegende Provinzen, denen die Begriffe »creatio cis-humana« sowie »trans-humana« entsprechen.

Der erste umfaßt das Schrifttum, das eine Folge der Existenz von Maschinen und Menschen ist, das heißt das Ergebnis der einfachen Tatsache, daß wir dadurch, daß wir den Maschinen unsere ethnische Sprache und unsere formalen Sprachen aufimpften, sie darüber hinaus in unsere geistigen Arbeiten auf dem gesamten Gebiet der Kultur und der Naturwissenschaft samt der deduktiven Disziplinen (Logik und Mathematik) eingespannt haben. Nichtsdestoweniger zerfällt die bitische Kreation, deren unmittelbare Ursache der inspirierende Faktor, die Übermittlung einer typisch menschlichen Problematik im Bereich der Erkenntnis und der schönen Künste an nichtmenschliche Autoren ist, wiederum in zwei Untergebiete, die sich ziemlich deutlich voneinander abgrenzen. Eine Sache nämlich ist ein Sprachprodukt, das dank einer beabsichtigten Steuerung erzielt wurde, die man – dem anschaulichen Bild Prof. Kuentrichs folgend – »Bestellung« nennen kann (also *unmittelbare* Lenkung der Maschinen auf einen von *uns* gewählten Fragen- oder Themenkreis), und eine völlig andere ein solches Sprachprodukt, das kein Mensch »bestellt« hat und das zwar unter dem Einfluß früherer Impulse (Programmierungen) entstanden ist, aber bereits ein Symptom spontaner Tätigkeit darstellt. Ob jedoch die so geborenen bitischen Texte sich nun auf *mittelbare* oder *unmittelbare* Anregung hin ergeben haben – ihr Zusammenhang mit der typisch menschlichen Problematik stellt ein wesentliches und geradezu bestimmendes Merkmal dar: Daher untersucht die »cis-humane« Bitistik beide Arten dieser Texte.

Und erst, als den Maschinen kreative Freiheiten ohne jede Bevormundung, Programmierung, Gebot und Beschränkung erschlossen wurden, führte das allmählich zur Entfremdung ihres (»späten«) Schaffens von den typisch anthropomorphen und anthropologischen Einflüssen. Im Verlaufe jener Evolution begann das bitische Schrifttum uns – als seinen eventuellen Abnehmern – unmerklich wachsenden Widerstand und Anpassungsschwierigkeiten zu bereiten. So gibt es denn gegenwärtig Gebiete einer »außermenschlichen« Bitistik (dem Sinne nach »trans-human«), die den Versuch unternehmen, bitische Texte, die für den Menschen in verschiedenem Grade *unverständlich* sind, zu begreifen (zu analysieren, zu interpretieren, darzulegen).

Selbstverständlich können wir ja immer versuchen, die *einen* Maschinen zur Interpretation des Produkts *anderer* Maschinen zu verwenden. Jedoch die Anzahl der Glieder, die unerläßlich wären, um uns bitische Texte zugänglich zu machen, die Extreme der »Apostase« sind (Abweichungen von unseren Normen des Schaffens, Begreifens und der Auslegung jeglicher Bedeutungen), wächst in dem Maße, wie man immer schwierigere Texte zu untersuchen hat; und dieses Wachstum, das sich potential steigert, macht es uns in Grenzen unmöglich, selbst verschwommene Kenntnis über die Inhalte der »kulminierenden Apostase« zu erlangen, so daß dies praktisch völlige Ratlosigkeit der menschlichen Gattung gegenüber dem Schrifttum bedeutet, dem die Menschen ja mittelbar selbst den Impuls gaben.

Manche sprechen in diesem Zusammenhang von der »Situation eines Zauberlehrlings«, der Gewalten entfesselt hat, die er nicht mehr zu beherrschen vermag. Diese Bezeichnung ist eine Form der Resignation, aber in der Wissenschaft darf für Resignation kein Platz sein. Es gibt eine umfangreiche Umrahmung von »pro-« oder »kontrabitischem« Schrifttum rings um die bitische Literatur; geäußert werden darin verzweifelte Urteile, Symptome der Depression und des Entsetzens und zugleich die Verblüffung darüber, daß der Mensch etwas geschaffen habe, was ihn auch geistig überflügelt.

Es muß jedoch nachdrücklich betont werden, daß die Bitistik als wissenschaftliche Disziplin nicht der Ort für Äußerungen dieser Art von Ansichten sein kann, von Ansichten, die zur Naturphilosophie, zur Philosophie über den Menschen und seiner (auch nichtmenschlichen) Erzeugnisse gehören. Wir vertreten mit Roger Gatzky die Auffassung, daß die Bitistik nicht mehr und nicht weniger Anlaß zur Verzweiflung hat als zum Beispiel die Kosmologie: Immerhin ist es offensichtlich und steht außerhalb jeder Diskussion, daß – ohne Rücksicht darauf, wie lange wir Menschen existieren werden, und auch ungeachtet dessen, welche intellektuelle Hilfe wir von den Erkenntnismaschinen erwarten können – wir das Universum nicht bis zum Ende ausschöpfen und somit nicht begreifen werden. Den Astrophysikern, Kosmologen, Kosmogonisten jedoch fällt es nicht im geringsten ein, sich über einen solchen unveränderlichen Sachverhalt zu beklagen.

Der Unterschied liegt darin, daß wir nicht die Urheber des Universums sind, doch das bitische Schaffen – in Abstufungen – ist unser Werk. Aber es ist unbekannt, woher eigentlich die Überzeugung stammt, daß der Mensch mit völliger Ruhe die Unerschöpflichkeit des Universums anerkennen könne, mit der gleichen sachlichen Gelassenheit jedoch nicht die Unerschöpflichkeit dessen anerkennen kann, was er selbst geschaffen hat.

3. DIE GRUNDLEGENDEN ZWEIGE DER BITISTIK. Erläuterungen und detaillierte Beschreibungen, samt einer wissenschaftlichen Bibliographie des Sujets, bietet unsere Monographie an den einschlägigen Stellen. Ein Blick aus der Vogelperspektive auf die wichtigsten Zweige der Bitistik erscheint indes angezeigt; eine solche Beschreibung vermag zwar in keiner Weise einen detaillierten Vortrag zu *ersetzen*, ist jedoch so etwas wie ein resümierender Reiseführer in einem stark gegliederten und deshalb – in der Annäherung – schwer überschaubarem Gebiet. Dennoch muß vermerkt werden, daß die weiter unten dargestellten Hauptsegmente der Bitistik in starker Vereinfachung gezeigt werden, die bisweilen einer Entstellung der zentralen Problematik gleichkommt.

Unser Überblick, der den besagten – einführenden – Charakter hat, wird sich lediglich auf vier »Kulminationen« der bitischen Literatur konzentrieren, und zwar auf die *Monoetik*, die *Mimese*, die *Sophokrisis* und die *Apostase*. Diese Begriffe sind eigentlich schon veraltet; in der modernen Begriffsbildung entsprächen ihnen ungefähr: die *Homotropie* (in ihrem ersten Teil), die *eigentliche Mimese*, die *Kritik der Philosophie* sowie die *bitische Kreation*, die über die Grenzen unseres Verständnisses *hinausgeht*. Die heute verworfenen Termini zeichneten sich jedoch immerhin durch den Vorzug der verständlichen Prägnanz aus, und an der Einfachheit der eingangs gebotenen Erläuterungen ist uns ja besonders gelegen.

A. Graeve, Gulbransson und Fradkin, die zu den Schöpfern, also den »Vätern« der Bitistik gerechnet werden, verstanden unter dem Terminus »Monoetik« die früheste Phase des Bitismus (der Name stammt von »monos« – einzelner – und »Poesis« – Schaffen). Ihr Entstehen verdankte die Monoetik der Unterweisung der Maschinen in den Regeln der Wortbildung. Das Zusammenspiel dieser Regeln stellt nämlich das dar, was man einst allgemein als den »Geist« der jeweiligen Sprache zu bezeichnen pflegte.

Die Sprache, die real wirkt, aber historisch entstanden ist, gebraucht wortschöpferische Regeln nur sehr beschränkt, aber dessen sind sich jene, die sich ihrer bedienen, im allgemeinen gar nicht bewußt. Es bedurfte erst der Maschinen, denen die *praktische* Beschränkung in der Wortschöpfung gänzlich unbekannt war, damit wir Einblick in all die Chancen gewinnen konnten, die eine Sprache während ihrer Entwicklung außer acht läßt. Dieses Problem mag ganz einfach eine Handvoll Beispiele skizzieren, die dem zweiten Band unserer Geschichte entnommen sind, vornehmlich aus den Kapiteln *Paralexik*, *Semantik* und *Semolalie*.

a) die Maschinen können Ausdrücke benutzen, die existieren, deren Sinn sie jedoch anders als sonst definieren: Au (empfindsame Wiese), Leumund (Löwenfratze), Urlaub (Ferien im Altgebusch), Schwerhörigkeit (finsterste Sklaverei), Entente (siamesische Geflügelzwillinge), Erbrechenkunst (angeborene mathematische Begabung, die Übelkeit bewirkt), Mulatte (Eselsbrett), Wandel (Wand vor Änderung).

b) die Maschinen bilden auch Neologismen innerhalb der sogenannten semantischen Achsen, und die Beispiele dieser Kreation wählen wir absichtlich in der Weise, daß eine detailliertere Erläuterung lexikalen Typs nicht unbedingt erforderlich ist:

Greisentülle – Entmädel – Hexenschläge – Lege – Schiebe;
Wurmträger – Madinist – Vogel, der Küken füttert;
Hausäbel – Strampeldegen – Schnauzbrecher;
Rechenfix – Zählauto – Ziffrant – Komputer;
Hänge – Drahtseilbahn;
Grabzeiger – Memento mori;
Herrle – Paradies;
Holzander – Sägefisch usw.

Der komische Effekt ist natürlich unbeabsichtigt. Es handelt sich hierbei auch um elementare Beispiele, denen jedoch die bitische Besonderheit eignet, die sich auch – obschon nicht so leicht wahrnehmbar – in den späteren Stadien der Entwicklung fortsetzt. Des Pudels Kern liegt darin, daß für uns die Welt real ist, für die Maschinen hingegen – die *Sprache*, die erste und grundlegende Wirklichkeit ist. Der Komputer, dem noch die Kategorien fremd waren, die die *Kultur* der Sprache aufzwingt, »glaubte«, daß »alte Prostituierte« dasselbe bedeute wie »Greisentülle«, »Entmädel« usw.

Ein Komputer auf dieser – sprachlich sehr niedrigen – Entwicklungsstufe kennt keine Beschränkungen in der wortschöpferischen Produktion, und die der Strategie des Maschinendenkens eignende Sparsamkeit des Ausdrucks, die später die nichtlineare Deduktion sowie die »sternartig«

genannten Begriffe der Terrophysik ins Leben rief, manifestiert sich hier als »Vorschlag« der Gleichberechtigung von in der Sprache verwurzelten Bezeichnungen wie »Wort« oder »wörtlich« mit solchen wie »Wortkranz« (Vers, Gedicht), »Worthüpfer« (Graphomane), »Wortib« (Plagiator), »Schwörtner« (Rüpel) usw.

Die zitierten Wortschöpfungen, die früher Monoeten genannt wurden, waren teilweise durch die Unvollkommenheit der Programmierungen, zum Teil auch durch die Absicht der Programmierer hervorgerufen, die die »wortschöpferische Elastizität« der Maschinen interessierte; es muß jedoch vermerkt werden, daß viele solche Neologismen nur scheinbar maschineller Provenienz sind.

Die Monoetik ist ein wichtiges Gebiet, denn wir entdekken darin die kreativen Züge der Maschinen, die in den folgenden Phasen aus dem Blickfeld verschwinden. Es ist dies die Vorschwelle der Bitistik oder geradezu ihr Kindergarten; dieses Schaffen wirkt beruhigend auf so manchen Adepten, der darauf gefaßt war, auf schier unverständliche Texte zu stoßen, und der mit Erleichterung so unschuldige und belustigende Erzeugnisse entdeckt. Jedoch bleibt ihm diese Genugtuung nicht lange! Die unbeabsichtigte Komik entsteht infolge der Kollision von Kategorien, die wir als beständig getrennt ansehen; die Verstärkung der Programme durch kategoriale Regeln führt uns in das nächste Gebiet der Bitistik (das von gewissen Forschern jedoch weiterhin als Präbitistik bezeichnet wird), in dem die Maschinen unsere Sprache zu »entlarven« beginnen – indem sie darin die Redewendungen aufspüren, die eine Folge des körperlichen Baus des Menschen sind.

So stammen zum Beispiel die Begriffe der »Erhöhung« und »Erniedrigung« – gemäß der maschinellen, nicht unserer Interpretation! – daher, daß jeder lebende Organismus, also auch der Mensch, durch aktive Muskelanstrengung der allgemeinen Schwerkraft entgegenwirken muß. So erweist sich der Körper als ein Glied, durch das sich der Schwerkraftgradient unserer Sprache aufprägt. Eine systematisierte Analyse der Sprache, die den ganzen Umfang ähnlicher Einflüsse nicht nur in der Welt der Begriffe, sondern auch der Syntax aufzeigt, findet der Leser am Ende des achten Kapitels des zweiten Bandes. Im dritten Band wiederum führen wir Sprachmodelle vor, die bitisch für Milieus projektiert wurden, für die außerirdische Bedingungen charakteristisch sind, ebenso für außermenschliche Organismen. Eins davon, INVART, diente MENTOR II zur Niederschrift des »Pasquills auf das Universum« (hierüber weiter unten).

Die *Mimese* ist das Gebiet des bitischen Schaffens, das uns bisher unbekannte Mechanismen der geistigen Kreation erschlossen hat und das ebenfalls einen machtvollen Einbruch in die Welt der geistigen Produkte des Menschen bedeutet. Historisch ist sie als unvorhergesehene Nebenerscheinung bei der maschinellen Übersetzung der Texte entstanden. Diese erfordert eine Umgestaltung der Information, die vielseitig und vielstufig erfolgt. Die engsten Berührungspunkte sollten dabei zwischen Begriffssystemen und nicht zwischen Wörtern oder Phrasen bestehen; die maschinellen Übersetzungen von einer Sprache in die andere sind heute deshalb so vorzüglich, weil sie von Aggregaten vollbracht werden, die nicht zusammengeschlossen sind, sondern gewissermaßen von verschiedenen Seiten in denselben Originaltext »zielen«. Er wird in der Maschinensprache (dem »Mittler«) »geprägt« und erst aus diesen »Prägungen« projizieren ihn die Maschinen in den »inneren begrifflichen Raum«. Es entsteht darin der »N-Echo-Körper der Abstraktionen«, der sich zum Original genauso verhält wie ein Organismus zum Embryo; die Projektion aus jenem »Organismus« in die Übersetzungssprache ergibt dann das erwartete Resultat.

Aber dieser Prozeß verläuft komplizierter, als wir das hier beschreiben, unter anderem deshalb, weil die Qualität der Übersetzung ständig durch die Rückübersetzung (»zurück aus dem Organismus« in die Sprache des Originals) kontrolliert wird. Daher besteht das übersetzende Aggregat aus Maschinen, die keine wechselseitige Verbindung haben: »Verständigen« können sie sich nur durch den Prozeß der Übersetzung. H. Ellias und T. Semmelberg machten die überraschende Entdeckung, daß man den »N-Körper der Abstraktionen«, also den bereits interpretierten, das heißt semantisch von der Maschine assimilierten Text in seiner Gesamtheit *sehen* kann – wenn man diese abstrakte Schöpfung in das entsprechende Elektronenansatzstück (»Semoskop«) einführt.

Visuell stellt sich der »Körper der Abstraktionen«, eingefügt in das begriffliche Kontinuum, als ein komplizierter vielflächiger, unperiodischer und variabel asynchroner Block dar, gewebt aus »flammenden Fäden« – das heißt aus Milliarden von »Bedeutungskurven«. Diese Kurven ergeben zusammen die Schnittebenen des semantischen Kontinuums. Wenn sich der Leser dem Anschauungsmaterial in Band II zuwendet, wird er darin eine Reihe semoskopischer Aufnahmen finden, deren Zusammenstellung und vergleichende Betrachtung frappierende Eindrücke ergeben. Wie daraus zu ersehen ist, besitzt die Qualität des Originaltextes eine deutliche Entsprechung in der »ästhetischen« Form des geometrischen »Semo-Produkts«.

Mehr noch, bereits bei geringerer Erfahrung vermag man »auf den ersten Blick« diskursive Texte von künstlerischen (belletristischen, poetischen) zu unterscheiden: Die religiösen Texte sind fast ausnahmslos den künstlerischen ähnlich, die philosophischen hingegen weisen in dieser Hinischt – visuell – einen breiten Fächer auf. Es steckt nicht viel Übertreibung in der Behauptung, daß die Projektionen der

Texte in die Tiefe des maschinellen Kontinuums zugleich deren in der Ausdehnung erstarrte Bedeutungen sind. Die in logischer Beziehung sehr kompakten Texte stellen sich als fest zusammengedrängte Bündel und Knäuel von »Bedeutungskurven« dar (es ist hier nicht der Ort, um ihren Zusammenhang mit dem Bereich der rekursiven Funktionen aufzuhellen: Davon ist im 10. Kapitel des II. Bandes die Rede).

Am eigenartigsten präsentieren sich uns die Texte der literarischen Werke mit allegorischem Charakter: ihr zentrales »Semo-Produkt« ist gewöhnlich von einem blassen »Hof« umgeben, und zu seinen beiden Seiten (»Polen«) sieht man die »Echo-Wiederholungen« der Bedeutungen, die bisweilen an Interferenzbilder von Lichtstrahlen erinnern. Wie wir noch eingehender erörtern werden, verdankt die maschinelle toposemantische Kritik jeglicher Denkkonstruktionen des Menschen mit seinen philosophischen Systemen an der Spitze dieser Erscheinung ihre Entstehung.

Das erste Werk der bitischen Mimese, das Weltruf erlangte, war Pseudodostojewskis Roman »Das Mädchen« (»Djewotschka«). Ein vielgliedriges Aggregat, dessen Aufgabe die Übertragung sämtlicher Werke des russischen Schriftstellers ins Englische war, hatte ihn in seiner Entspannungsphase geschaffen. Der hervorragende Russizist John Raleigh beschreibt in seinen Erinnerungen den Schock, den er erlebte, als er das russische Manuskript des Werkes erhielt, signiert mit einem (wie er meinte) wunderlichen Pseudonym HYXOS. Der Eindruck, den die Lektüre auf diesen Dostojewski-Kenner machte, mußte in der Tat unheimlich stark gewesen sein, wenn er, wie er gesteht, zu träumen glaubte! Die Urheberschaft des Autors war für ihn eine ausgemachte Sache, obwohl er gleichzeitig wußte, daß Dostojewski einen solchen Roman nie geschrieben hatte.

Entgegen dem, was die Presse über dieses Thema verbreitete, hatte das Übersetzungsaggregat, das sich sämtliche

Texte Dostojewskis einschließlich seines »Tagebuchs eines Schriftstellers« und der Sekundärliteratur aneignete, keineswegs ein »Spektrum«, ein »Modell« oder auch eine »maschinelle Reinkarnation« der Persönlichkeit des realen Autors konstruiert.

Die Theorie der Mimese ist sehr kompliziert, jedoch ihr Prinzip und zugleich die Umstände, die jene phänomenale Darbietung mimetischer Virtuosität ermöglicht hatten, lassen sich recht einfach darlegen. Mit der Person oder der Persönlichkeit Dostojewskis hatte sich der maschinelle Übersetzer überhaupt nicht befaßt (er hätte das übrigens auch nicht tun können). Die Sache ist die, daß Dostojewskis Werk im Raum der Bedeutungen zu einem gebogenen Block ausgebaut wird, der mit seinem Ganzheitssystem an »einen gesprungenen Ring« (mit Lücke) erinnert. Somit war es also eine verhältnismäßig einfache Aufgabe (natürlich für Maschinen, nicht für den Menschen!), jene »Lücke« zu »schließen« – um »das fehlende Glied einzusetzen«.

Man kann behaupten, daß durch die Werke der »Hauptlinie« Dostojewskis ein semantischer Gradient führt, und »Djewotschka« ist dessen *Verlängerung* und zugleich Einschluß in den Kreis. Eben dieses Wechselverhältnis der Werke des großen Schriftstellers bewirkt, daß die Kenner nicht die geringsten Zweifel hinsichtlich dessen haben, wo (d. h. zwischen welchen Romanen) sich »Djewotschka« zeitlich befinden müßte. Das Leitmotiv, das bereits in »Schuld und Sühne« deutlich ist, verstärkt sich noch in den »Teufeln«, aber zwischen diesem Werk und den »Brüdern Karamasow« klafft die »Lücke«. Dies war ein Erfolg und zugleich ein Glückstreffer der Mimese, denn die später unternommenen Versuche, die Übersetzungsaggregate zu einer analogen Kreation hinsichtlich anderer Autoren anzuregen, haben ein so vortreffliches Ergebnis nie mehr gezeitigt.

Die Mimese hat nichts gemein mit der *biographisch aufdeckbaren* Reihenfolge der Entstehung von Werken des jeweiligen Schriftstellers. So hinterließ z. B. Dostojewski unvollendete Manuskripte des Romans »Der Imperator«, doch »diesen zu erahnen«, »auf seine Spur zu gelangen«, das vermochten die Maschinen nie, denn er hatte mit diesem Roman versucht, die eigenen Möglichkeiten zu überschreiten. Was das »Mädchen« betrifft, so bestehen bereits, außer der ursprünglichen Version des HYXOS, abweichende Varianten, die von anderen Aggregaten angefertigt wurden, aber die Experten halten sie für weniger geglückt; die Unterschiede in der Komposition waren natürlich beträchtlich, indes die in all diesen Apokryphen bis zur schreienden Kulmination gesteigerte Problematik ist identisch und für Dostojewski charakteristisch: Heiligkeit im Ringen mit fleischlicher Sünde.

Jeder, der das »Mädchen« gelesen hat, ist sich über die Gründe im klaren, die Dostojewski eine Niederschrift des Werkes unmöglich gemacht hatten. Natürlich verbreiten wir mit unseren Behauptungen – verglichen mit den Maßstäben der traditionellen Humanistik – wahre Blasphemien, da wir die maschinelle Nachahmung mit authentischer Schöpfung gleichsetzen, aber die Bitistik führt eben unvermeidlich hinaus über den Kanon der klassischen Einschätzungen und Werke, in dem die Authentizität des Textes den führenden Platz innehat, und dies, weil wir *beweisen* können, daß »Djewotschka« ein Werk Dostojewskis in einem »höheren Grade« darstellt als sein eigener Text, der »Imperator«.

Die allgemeine Gesetzmäßigkeit der Mimese hat folgende Gestalt: Wenn der jeweilige Autor die für ihn zentrale Konfiguration der schöpferischen Bedeutungen (»die Lebensobsession«) oder – in der Nomenklatur der Bitisten – den Raum seiner »Semo-Schöpfungen« vollends ausgeschöpft hat, wird die Mimese in dieser Achse nichts als

(»dekadente«, »echoähnliche«) Sekundärtexte ergeben. Wenn er hingegen etwas »nicht zu Ende gesagt« hat (z. B. aus biologischen Gründen, weil er vorzeitig starb, oder aus sozialen, weil er es nicht wagte), vermag die Mimese die »fehlenden Glieder« zu schaffen. Zwar entscheidet noch die Topologie der Semo-Schöpfungen des jeweiligen Schriftstellers über den Enderfolg; in dieser Hinsicht unterscheiden wir *konvergierende* und *divergierende* Semo-Schöpfungen.

Ein gewöhnliches kritisches Studium der Texte bietet keine feste Grundlage für Voraussagen, wie im gegebenen Fall die Chancen der Mimese aussehen werden. So rechneten zum Beispiel die Literaturwissenschaftler auf eine mimetische Fortsetzung der Schreibkunst Kafkas, aber diese Hoffnungen trogen; außer den Schlußkapiteln des »Schlosses« haben wir nichts erhalten. Für die Bitisten ist übrigens der Casus Kafka erkenntnistheoretisch besonders wertvoll, denn die Analyse seiner Semo-Schöpfung weist nach, daß er bereits mit dem »Schloß« die Grenzmöglichkeiten seines Schaffens erreicht hatte: Ein weiteres Verfahren, das in Berkeley dreimal durchgeführt wurde, erbrachte, wie die maschinelle Apokryphe in den einfallenden vielschichtigen »Echowiderspiegelungen der Bedeutungen versinken«, was der objektive Ausdruck der extremen Position dieser Schriftstellerei ist. Die Sache ist die, daß das, was die Leser instinktiv für »kompositorische Trefflichkeit« halten, eine Folge des Gleichgewichts ist, das man Semostase nennt; überwiegt das allegorische Moment, dann neigt der Text dazu, unlesbar zu werden. Die physische Entsprechung dieser Situation ist ein Raum, der so gewölbt ist, daß die darin erklingende Stimme in der Lawine allenthalben reflektierter Echospiegelungen bis zur Entstellung erstickt wird.

Die erwähnten Beschränkungen der Mimese sind für die Kultur zweifellos vorteilhaft. Die Herausgabe des »Mädchens« hat indes nicht nur in den Künstlerkreisen eine Panik hervorgerufen. Es fehlte nicht an Kassandra-Rufen, die eine »Zermalmung der Kultur durch die Mimese« voraussahen – da sie eine »Invasion der Maschinen« in das Zentrum der menschlichen Werte verkündeten, die zerstörerischer und unheimlicher sei als alle ausgeklügelten »Invasionen aus dem Kosmos«.

Diese Leute befürchteten, es könnte eine Industrie der »kreativen Dienstleistungen« entstehen, die die Kultur in ein schreckliches Paradies verwandeln würde, da der erste beste Konsument, je nach Laune, blitzschnell geschaffene Meisterwerke der maschinellen »Sukkubi« oder »Inkubi« erhalten könne, die untrüglich im Geist Shakespeares, Leonardos, Dostojewskis verpuppt wären . . . wodurch die Hierarchien der Werte verlorengingen, weil man dann in Meisterwerken wie im Schmutz waten müßte. Glücklicherweise können wir diese Apokalypse zu den Märchen legen.

Industriell angewandt, führte die Mimese zur Arbeitslosigkeit – jedoch ausschließlich in den Milieus von Produzenten der Trivialliteratur (S-F, Porno, Sensation usw.): Dort hat sie tatsächlich die Menschen aus dem Angebot geistiger Güter verdrängt; jedoch sollte diese Erscheinung einen echten Humanisten nicht zu allzu großer Verzweiflung verleiten.

Die Kritik der Systemphilosophie (oder Sophokrise) wird als eine Übergangszone zwischen den Bereichen der Bitistik betrachtet, die die Bezeichnungen »cis-human« und »trans-human« tragen. Diese Kritik, die im Prinzip auf einer logischen Rekonstruktion der Schriften großer Philosophen beruht, leitet sich, wie bereits erwähnt, aus mimetischen Vorgängen ab. Sie hat einen ziemlich vulgären Ausdruck angenommen, was hier vermerkt werden muß –, und zwar wegen des Gebrauchs, den gewisse profitsüchtige Produzenten davon machten. Solange man die Ontologien der Aristoteles, Hegel, Thomas von Aquin nur im British Museum bewundern konnte – als glänzende »Kokon-Blöcke«, die in Brokken dunklen Glases leuchtend eingeschmolzen waren, solange fiel es einem schwer, an diesem Anblick etwas Schädliches zu finden.

Nun jedoch, da man die »Theologische Summa« oder die »Kritik der reinen Vernunft« als einen Briefbeschwerer von beliebiger Größe und Farbe erwerben kann, hat dieses Spiel, gestehen wir es, einen schockierenden Beigeschmack angenommen. Man wird geduldig warten müssen, bis diese Mode, wie auch tausend andere, vorübergegangen ist. Natürlich kümmern sich jene, die den »Kant im Bernstein« erwerben, wenig um die sensationellen Enthüllungen, die uns die bitische Apokrise in der Philosophie geliefert hat. Die Ergebnisse möchten wir an dieser Stelle nicht zusammenfassen und verweisen darum den Leser auf den dritten Band der Monographie; mag der Hinweis genügen, daß die Semoskopie fürwahr ein neuer Sinn für die Betrachtung großer intellektueller Totalitäten ist – ein Sinn, mit dem uns der Geist aus der Maschine unverhofft beschenkt hat.

Es darf aber auch nicht übersehen werden, daß die Versicherungen der größten Gelehrten über die Rolle des Leitsterns, den die reine Ästhetik der mathematischen Struktur in ihren entdeckerischen Bemühungen gespielt habe – die Versicherungen, denen wir bisher blind Glauben schenken mußten –, heute *augenscheinlich* überprüft werden können, indem wir einfach ihr erstarrtes Denken in die Hand nehmen, um es uns vor Augen zu führen. Natürlich resultiert daraus für die weitere Entwicklung des Denkens noch nicht, daß man zehn Bände der höheren Algebra oder den viele Jahrhunderte währenden Krieg des Nominalismus gegen den Universalismus in eine gläserne Masse von der Größe einer Faust hineinkristallisieren kann. Die bitische Kreation bedeutet ebenso eine Erleichterung wie eine Erschwernis des menschlichen Schaffens.

Eins kann man dagegen mit völliger Gewißheit sagen: Bis zur Entstehung der maschinellen Intelligenz hat kein Denker, kein Autor so eifrige, so untrüglich aufmerksame – und auch so rücksichtslose Leser gehabt! Daher auch entlud sich in dem Ruf, der sich einem vortrefflichen Denker entrang, als man ihm die Kritik seines Werkes von MENTOR V vorlegte: »Der hat mich gelesen!« die Frustration, die für unsere Tage so typisch ist, in denen die Aufschneiderei und die oberflächlich erworbene Bildung echtes Wissen ersetzen. Der Gedanke, der mich beim Schreiben dieser Worte heimsucht – nämlich daß nicht die Menschen ihre gewissenhaftesten Leser sein werden –, ist in der Tat voll bitterer Ironie.

Der Begriff *Apostase*, der dem letzten bitischen Bereich zugewiesen wurde, erscheint mir glücklich gewählt. Niemals nämlich hatte die Abweichung von dem, was menschlich ist, so weit geführt, hatte sie sich mit so gelassener Versessenheit in den Lauf der Überlegungen eingefügt. Für diese Literatur, die außer der Sprache nichts von uns übernommen hat, scheint die Menschheit nicht zu existieren.

Die Bibliographie der Transhumana überragt alle übrigen bereits erwähnten Domänen der Bitistik. Hier kreuzen sich die Wege, die sich in den vorhergehenden Gebieten nur angedeutet hatten. Wir teilen die Apostase praktisch in zwei Stockwerke, in ein unteres und ein oberes. Das untere ist im allgemeinen recht gut zugänglich; das obere indes hat man vor uns zugesperrt. Daher bietet unser vierter Band fast ausschließlich eine Einführung in die untere Region. Dieser Band ist nur ein karger Auszug aus einem gewaltigen Schrifttum; hieraus ergibt sich die schwierige Situation für den Vorwortschreiber, der das, was im eigentlichen Inhalt bereits zusammengefaßt ist, selbst noch bündiger ankündigen muß. Ein solches Resümee erscheint jedoch notwendig, gewissermaßen als Draufsicht; sonst nämlich wird sich der Leser einer breiteren Perspektive beraubt sehen und sich leicht in dem schwierigen Terrain verlieren wie ein Wanderer in den Bergen, deren höchste Gipfel man aus der Nähe nicht gebührend schätzen kann. Unter Berücksichtigung dieser Hinweise und Zweifel will ich mich lediglich damit begnügen, jeweils nur einen bitischen Text aus den einzelnen Teilen der Apostase auszuwählen, nicht so sehr, um ihn zu interpretieren, als vielmehr, um den Leser auf den eigentlichen Ton, das heißt, so möchte ich sagen – auf die Methode der Apostase einzustimmen.

Beschränken wir uns somit auf Textproben, die aus den folgenden Regionen des unteren Reiches stammen: *Antimathik, Teraphysik* und *Ontomachie.*

Die Einführung hierzu ist das sogenannte *Paradox Cogito.* Als erster ist der englische Mathematiker aus dem vorigen Jahrhundert, Allan Turing, auf seine Spur gekommen, als er erkannte, daß man eine Maschine, die sich wie ein Mensch verhält, in psychischer Hinsicht nicht vom Menschen unterscheiden könne, das heißt, daß man einer Maschine, die fähig ist, sich mit einem Menschen zu unterhalten, zwangsläufig ein Bewußtsein zusprechen müsse. Wir glauben, andere Menschen hätten nur deshalb ein Bewußtsein, weil wir es selbst erfahren. Erlebten wir es nicht, so könnten wir uns unter diesem Begriff nichts vorstellen.

Im Verlaufe der Entwicklung der Maschinen hat es sich jedoch erwiesen, daß eine gedankenlose Intelligenz konstruiert werden kann: Ein gewöhnliches Schachspielprogramm besitzt sie zum Beispiel, das bekanntlich »nichts versteht«, dem »alles einerlei ist«, ob es die Partie verspielt oder gewinnt, das, mit einem Wort, unbewußt, jedoch logisch, seine Gegner – die Menschen, schlägt. Mehr noch, es hat sich herausgestellt, daß ein primitiver und gewiß »seelenloser« Komputer, der programmiert wurde, um Psychotherapie zu betreiben, und der die entsprechenden Fragen intimer Natur an den Patienten richtet, um auf Grund der Antworten die

Diagnose zu stellen und die Heilmethoden zu nennen, bei seinen menschlichen Gesprächspartnern den Eindruck hervorruft, er sei dennoch eine fühlende und lebende Person. Dieser Eindruck ist so intensiv, daß ihm manchmal sogar derjenige unterliegt, der jenes Programm selbst aufgesetzt hat, also ein Fachmann, der ausgezeichnet weiß, daß jene Einrichtung ebensoviel Seele besitzt wie ein Plattenspieler. Der Programmierer kann jedoch die Situation meistern, das heißt, er kann sich aus der wachsenden Illusion befreien, daß er mit einer bewußten Persönlichkeit im Gespräch sei, indem er der Maschine solche Fragen stellt oder ihr solche Antworten gibt, mit denen sie – im Hinblick auf die Beschränkungen des Programms – nichts anfangen kann.

Doch auf diese Weise betrat die Kybernetik den Weg der allmählichen Erweiterung und Vervollkommnung der Programme: Hierdurch wurde es mit der Zeit immer schwieriger, die »Maske herunterzureißen« – das heißt, die Gedankenlosigkeit der Prozeduren aufzudecken, die aus der Maschine sprechen – und ebenso den Menschen zum Reflex einer Projektion zu zwingen (die unbewußt erfolgt, gemäß der uns eingefleischten Annahme, daß derjenige, der sinnvoll an unsere Worte anknüpft und uns vernünftig anspricht, *mit bewußter Vernunft begabt sein muß*).

Dieses Paradox Cogito offenbarte sich uns in der Bitistik auf eine ironische und zugleich überraschende Weise: als *Zweifel der Maschinen* daran, ob die Menschen wirklich denken können!

Die Situation gewann somit unvermittelt eine zweiseitige Symmetrie. *Wir* können nicht die vollständige Gewißheit (als Beweis) darüber erlangen, daß die Maschine denkt und denkend ihre Zustände als Psyche durchlebt, denn immer kann man ja mutmaßen, daß es sich nur um Simulation handele, die äußerlich vollkommen ist und deren inneres Korrelat eine Leere von vollkommener »Seelenlosigkeit« ist.

Die *Maschinen* wiederum sind analog nicht imstande, den Beweis dafür zu erbringen, daß wir, als ihre Partner, bewußt denken – so wie sie. Keine der Seiten weiß, welche Erfahrungszustände die andere Seite der Losung »Bewußtsein« unterschiebt.

Es muß vermerkt werden, daß dieses Paradoxon den Charakter eines Abgrunds hat, obwohl es uns zunächst nur belustigend erscheinen mag. Die Qualität der Denkergebnisse selbst will hier noch nichts besagen; schon die elementaren Automaten des vorigen Jahrhunderts pflegten in den logischen Spielen ihre eigenen Konstrukteure zu besiegen, und das waren äußerst primitive Maschinen; wir wissen also mit absoluter Gewißheit, daß man zu dem, was eine Folge schöpferischen Denkens ist, auch auf anderem – gedankenlosen – Wege gelangen kann. Die Traktate zweier bitischer Autoren – NOON und LUMENTOR – in Fragen des Paradoxes Cogito eröffnen den vierten Band unserer Monographie und zeigen, wie tief hier das Rätsel in der Natur der Welt verwurzelt ist.

Aus der Antimathik, die eine »auf Antinomien beruhende«, also »alpdruckhafte Mathematik« ist, wollen wir nur eine für jeden Spezialisten schreckliche, geradezu zermalmende Aussage von völlig irrsinnigem Charakter zitieren: »Der Begriff der natürlichen Zahl ist innerlich widersprüchlich.« Dies bedeutet, daß keine Zahl in sich selbst immer gleich ist! Den Antimathikern zufolge (natürlich sind es Maschinen) ist die Axiomatik Peanos' irrig, und nicht, weil sie innerlich in sich selbst widersprüchlich wäre, sondern weil sie sich für die Welt, in der wir existieren, nicht fehlerfrei eignet. Die Antimathik postuliert nämlich gemeinsam mit dem nächsten Gebiet der bitischen Apostase – der Teraphysik (also »ungeheuerlichen Physik«) – ein uneliminierbares Zusammenwachsen des Denkens mit der Welt. Der Angriff solcher Autoren wie ALGERAN und STYX konzentriert sich auf die Null. Ihrer Auffassung nach lasse sich die nullfreie Arithmetik in *unserer* Welt auf widerspruchslose Weise konstruieren. Die Null ist die Kardinalzahl aller leeren Mengen; der Begriff der »leeren Menge« soll entsprechend diesen Autoren *immer* in der Antinomie des Lügners verstrickt sein. »Etwas, das ›nichts‹ ist, existiert nicht« – mit diesem Motto aus der Arbeit von STYX möchten wir das Resümee der antimathischen Häresie abschließen – andernfalls würden wir in den Ausführungen versinken.

Als die merkwürdigste und, wer weiß, ob für die Erkenntnis nicht vielversprechendste Frucht der Teraphysik gilt die sogenannte Hypothese von *Polyversum*. Ihr zufolge ist der Kosmos zweigeteilt, und wir, zusammen mit der Materie, der Sonnen, der Sterne, der Planeten und unserer Körper, bewohnen seine »langsame« Hälfte, das heißt das *Bradyversum*. Langsam darum, weil hier die Bewegung mit Geschwindigkeit vom Ruhezustand bis zur lokal höchsten – der Lichtgeschwindigkeit möglich ist. Zur zweiten, der »schnellen« Hälfte des Kosmos, dem *Tachyversum*, führe der Weg durch die Lichtbarriere. Um zum Tachyversum zu gelangen, müsse man die Lichtgeschwindigkeit überschreiten: sie sei die in unserer Welt allgegenwärtige Grenze, die jeden Fleck von der »zweiten Region der Existenz« trenne.

Vor über fünfzig Jahren hatten die Physiker die Hypothese von den Tachjonen aufgestellt – den Teilchen, die sich *nur* mit Überlichtschnelligkeit bewegen. Es gelang nicht, sie zu finden, obgleich eben sie – gemäß der Teraphysik – das Tachyversum bilden. Und eigentlich ist das Tachyversum durch eine einzige solche Partikel geschaffen.

Ein Tachjon, das auf Lichtgeschwindigkeit gedrosselt würde, gewänne eine unendlich große Energie; während es indes in Schwung gerate, büße es an Energie ein, die es als Strahlung ausscheide; wenn seine Geschwindigkeit unendlich groß werde, fiele die Energie bis auf Null. Ein Tachjon aber, das sich mit unendlicher Schnelligkeit bewege, verweile selbstverständlich *überall* zugleich: es allein bilde als allgegenwärtige Partikel eben das Tachyversum. Genauer gesagt: Je größer seine Geschwindigkeit sei, desto allgegenwärtiger werde es. Die Welt, die aus einer so eigenartigen Allgegenwart geschaffen ist, fülle auch die Strahlung aus, die das Tachjon unausgesetzt emittiere, indem es sich beschleunige (denn es verliert eben in der Akzeleration an Energie). Diese Welt ist das Gegenteil der unsrigen: Hier ist das Licht am schnellsten, dort hingegen, im Tachyversum – stellt es die langsamste Bewegung dar. Indem das Tachyon allgegenwärtig wird, verwandelt es das Tachyversum in einen immer »massiveren« und starren Körper, bis es schließlich schon so »überall« ist, daß es auf die Lichtquanten drückt und sie in sich zurückpreßt; infolgedessen wird es gebremst, sein Tempo nimmt ab, und je langsamer es sich bewegt, desto größer ist die Energie, die es erlangt; in Nullnähe dann gebremst, erreicht das Tachyon einen Zustand unendlich großer Energie und explodiert, wodurch es das Bradyversum schafft . . .

Wenn man also die Sache von *unserem* Universum aus betrachtet, ist jene Explosion *einst* erfolgt und hat zuerst die Sterne geschaffen und dann uns; aber vom Tachyversum aus gesehen, ist dies *überhaupt nicht* geschehen, denn es existiert keine übergeordnete Zeit, in der mit dem Vorhandensein beider Kosmosse gerechnet werden könne.

Ihre »natürlichen« Mathematiken sind fast gegensätzlich; in unserer langsamen Welt ist $1 + 1$ beinahe 2 ($1 + 1 \cong 2$); erst an der Grenze – wenn es zur Geschwindigkeit des Lichts kommt, ist $-1 + 1$ gleich 1. Im Tachyversum dagegen gleicht 1 nahezu der Unendlichkeit ($1 \cong \infty$). Die Sache ist indes – wie die »ungeheuerlichen« Doktoren einräumen – noch insofern unklar, als die Logik eines bestimmten Universums (oder – Polyversums!) nur dann ein sinnvoller

Begriff ist, wenn ihre Anwendung in dieser Welt möglich wird, doch vorläufig ist nicht bekannt, welche Chancen für das Entstehen von vernünftigen Systemen (oder gar des Lebens) – im Tachyversum bestehen. Die Mathematik besitzt nach dieser Auffassung Grenzen, die durch unüberschreitbare Barrieren der materiellen Existenz gegeben sind, es sei einfach ein Unding, von *unserer* Mathematik zu sprechen, in einer Welt, deren Gesetze von denen unserer Welt abweichen.

Was schließlich die letzte Position der bitischen Abweichung betrifft – »das Pasquill auf das Universum«-, so muß ich gestehen, daß ich es nicht zusammenfassen kann. Dabei ist jenes ellenlange (vielbändige) Traktat nur als Einführung in die experimentelle Kosmogenetik – das heißt in die Technologie der Errichtung von Welten gedacht, die »existentiell ordentlicher« sind als die unsere. Eine Auflehnung gegen die Existenz in gegebenen Seinsformen, die das Gegenteil jeglichen Nihilismus, jeglicher Lust zur Selbstvernichtung ist – dazu ein Produkt maschinellen Geistes, ein Ansturm von Projekten eines »anderen Seins« –, das ist zunächst gewiß eine exotische Lektüre, und wenn man ihre Schwierigkeiten gemeistert hat, ist sie auch in ästhetischer Hinsicht erschütternd. Auf die Frage, womit wir es hier eigentlich zu tun haben, mit der Fiktion der Logik oder der Logik der Fiktion, mit phantastischer Philosophie oder mit dem ehrlich durchdachten, absolut sachlichen Bemühen, das hiesige Sein als Zufälligkeit, als ein Ufer zu zermalmen, zu annullieren – ein Ufer, an das uns ein Unbekanntes Schicksal getrieben hat, von dem man sich nur mit gewisser Dreistigkeit wieder abstoßen kann, um in unbekannter Richtung zu enteilen; auf die Frage, ob diese Schriften tatsächlich *nicht menschlich* seien oder ob sie *uns* gerade durch ihre Abtrünnigkeit förderlich sind – möchte ich keine Antwort geben, denn ich wüßte keine.

Vorwort zur 2. Auflage

Die drei Jahre, die seit der ersten Edition verflossen sind, haben uns viele neue bitische Veröffentlichungen beschert. Das Redaktionskollegium unserer Monographie hat sich entschlossen, jedoch ihre ursprüngliche Form beizubehalten und nur eine gesonderte Neuerung zu berücksichtigen, von der weiter unten die Rede sein wird. So haben sich also die vier grundlegenden Bände der »Geschichte der bitischen Literatur« in ihrer prinzipiellen Zusammensetzung und der dem Gesamtwerk verliehenen inhaltlichen Aufteilung nicht verändert; ergänzt wurde hingegen die Bibliographie, eliminiert wurden ebenfalls die (übrigens nicht sehr häufigen) Fehler und Auslassungen der ersten Auflage.

Unser Kollektiv hielt es für angezeigt, einen besonderen fünften Band mit Supplementcharakter zu erarbeiten, das Schrifttum aus dem Bereich einer weitgefaßten Metaphysik und Religionswissenschaft, die insgesamt als *theobitische* Literatur bezeichnet wird. Die vorherige Ausgabe enthielt ziemlich viele kurze Auszüge und Hinweise in dieser Richtung, die im Anhang des vierten Bandes aufgeführt sind. Die Zunahme dieses Schrifttums veranlaßte uns, ihm eine besondere Position zuzuweisen – da jedoch das Vorwort zur 1. Auflage darüber schweigt, nutzen wir die Gelegenheit, um den Inhalt des zusätzlichen fünften Bandes in bündiger Form vorzustellen und damit den Leser auf die grundlegenden Probleme der Theobitistik aufmerksam zu machen.

1. INFORMATISCHE THEOLOGIE. Die Komputergruppe aus Brookhaven unternahm am Ende der verflossenen Dekade eine formale Analyse aller zugänglichen – und von der katholischen Kirche anerkannten Schriften der Mystiker, und zwar im Rahmen des Projekts »Die Mystik als

Verbindungskanal«. Grundlage der Forschungen waren die Thesen, die jene Kirche zu glauben empfahl, nämlich daß die Mystiker in bestimmten Zuständen mit Gott kommunizieren können. Die Texte aus ihrer Feder, die solche innerlichen Erfahrungen aufzeichneten, wurden hinsichtlich ihres informativen Gehalts einer Bilanzierung unterzogen. Die Analyse betraf nicht die Frage der Transzendenz Gottes oder seiner immanenten Charakteristik (z. B. als Person oder Nichtperson), denn sie überging vollends den Sinn der mystischen Schriften, das heißt ihren semantischen Gehalt. Sie konnte damit nicht die Qualität der Enthüllungen in Frage stellen, die in den mystischen Kontakten offenbart wurden, denn durch die Kalkulation wurde nur die *quantitative* Seite der von den Mystikern erworbenen Information erfaßt. Eine solche physikalische Schätzung gestattet es mit mathematischer Genauigkeit, den quantitativen informatorischen Gewinn zu bestimmen, dabei jedoch völlig seinen Inhalt auszuschließen. Die Prämisse des Projekts war das Axiom der Informationstheorie, daß sich aus der Aufnahme einer Verbindung mit einer realen Quelle, also aus der Schaffung eines Übermittlungskanals ein Wachstum der Informationsquantität auf seiten der Empfänger ergeben müsse.

Aus den verschiedenen Definitionen Gottes stammt das Dogma von seiner Unendlichkeit, das in informativer Hinsicht eine unendlich große Mannigfaltigkeit bedeutet (was man leicht formal beweisen kann – denn die Allwissenheit, die Gott zugeschrieben wird, impliziert analytisch eine solche Mannigfaltigkeit von der Mächtigkeit eines Kontinuums). Ein Mensch nun, der sich mit Gott kontaktiert, kann keine unendliche Information erlangen, weil er selbst *endlich* ist; er müßte jedoch zumindest ein kleines informatives Wachstum aufweisen, dessen Grenzen durch die Aufnahmefähigkeit seines Geistes bestimmt werden. Indes, aus der Zahlenbilanzierung ergab sich, daß die Schriften der Mystiker viel ärmer waren als die Aussagen solcher Menschen, die mit realen Informationsquellen in Verbindung gestanden hatten (zum Beispiel von Gelehrten, die naturwissenschaftliche Versuche durchführten).

Die Anzahl der Informationen in den Schriften der Mystiker gleicht genau der Anzahl der Informationen in den Aussagen (Schriften) solcher Menschen, die hinsichtlich der Generation der Mannigfaltigkeit ausschließlich auf sich selbst angewiesen sind. Die aus dem Projekt abgeleitete Schlußfolgerung lautet somit: »Der von den Kirchen postulierte Kontakt eines Mystikers mit Gott erfolgt nicht als ein Prozeß, in dem der Mensch eine Übernullinformation gewinnt.« Das kann entweder bedeuten, daß der von den Kirchen postulierte Verbindungskanal eine Fiktion ist oder aber daß der Kanal zwar entsteht, der Informator jedoch beharrlich schweigt. Und nur noch außerphysikalische Erwägungen vermögen die Wahl innerhalb dieser Alternative zu suggerieren: »Silentium Domini« – »Non esse Domini«. Wir veröffentlichen diese Arbeit mit der neuen theologischen Gegenargumentation im ersten Teil des Ergänzungsbandes.

2. MATHEMATISCHE THEOLOGIE. Die eigenartigste Frucht dieser Theobitistik ist das sinusoidale und somit oszillierende Modell Gottes. Gott wird axiomatisch als wechselständiger *Prozeß* statuiert und nicht als unveränderlicher *Zustand*; er oszilliert mit transzendenter Frequenz zwischen den (in den Zeichen gegensätzlichen) Unendlichkeiten des – Guten und Bösen. Für jedes Zeitintervall (in physikalischem Sinne) realisieren sich diese beiden Unendlichkciten gemeinschaftlich, obschon nicht gleichzeitig. Das Gute und das Böse dringen nämlich wechselseiug ineinander, wodurch eben eine Sinusoide das Abbild des Prozesses darstellt.

Mit Rücksicht darauf, daß die Propagierung beider Unendlichkeiten, die über nichtzeitliche Quellen verfügt, zeitlich an der Seinsordnung teilnimmt, kann man nachweisen, daß die Entstehung lokaler Besonderheiten als Ausschnitte des Zeitraums, in denen das Gleichgewicht von Gut und Böse *nicht* gewahrt bleibt, zulässig oder möglich ist. Damit entstehen an solchen besonderen Stellen Fluktuationen als Defizite. Da aber die Prozeßkurve bei jeder Änderung des Zeichens durch Null hindurchführen muß, existieren im Universum, das allein in unendlich langer Zeit währen würde, nicht zwei, sondern drei Unendlichkeiten: »die des Guten, der Null und des Bösen« – was, in die konventionelle theodiktische Sprache übertragen, für jedes Universum die Koexistenz Gottes, seiner völligen Nichtexistenz sowie seiner vollständigen Umkehrung (im Satan) bedeutet. Diese Arbeit, die sowohl zu den theologischen wie zu den theoklastischen gerechnet wird, war auf dem Wege formaler Spekulation unter Hinzuziehung des Apparats der Mengenlehre sowie der physikalischen Theorie des Kosmos entstanden. Ihr Autor ist ONTARES II. Im exakten Teil vermeidet er es, mit Begriffen, die aus der traditionellen Theologie stammen (»Gott«, »Satan«, »Metaphysisches Nichts«), zu operieren. Wir führen sie im III. Kapitel des Supplements auf.

Eine andere beachtenswerte theobitische Arbeit ist das Studium der Aggregate, die gemeinhin als »kalt« bezeichnet werden (weil sie auf Kryotronen funktionieren) und die einen unendlichen Computer oder ein unendliches Programm als Gott vorschlagen. Beide diese Formulierungen führen zwar zu unentwirrbaren Antinomien. Wie jedoch im Nachwort zu der Arbeit einer ihrer Autoren (METAX) bemerkt wird, offenbart jede menschliche Religion, sobald sie formalisiert ist, eine erheblich größere Menge an Widersprüchen analogen Typs – wenn also »beste Religion« soviel bedeuten würde wie »am wenigsten widersprüchliche Religion«, dann ist der Computer ein vollkommeneres Bild Gottes als der Mensch.

3. PHYSIKALISCHE THEOLOGIE. Wir rechnen die Arbeiten des METAX nicht zum theobitischen Physikalismus, weil sie mit den Bezeichnungen »Computer« oder »Programm« im formalen (mathematischen) und nichtphysischen Sinne operieren (bekanntlich hat jeder Computer – wie auch jeder Automat – ein ideales mathematisches Äquivalent). Die physikalisch verstandene Theobitistik befaßt sich mit der Verstrickung des Urhebers oder Schöpfers des Seins in die Materie. Solcher Arbeiten gibt es viele, daher wollen wir hier lediglich die originellsten Werke ankündigen. Der Autor des ersten, UNITARS, betrachtet den Kosmos als ein »Granulat«, das sich abwechselnd »computerisiert« und »entcomputerisiert«; seine beiden diametral entgegengesetzten Zustände sind der Metacomputer und die Metagalaxis. In der Phase der »Vergeistigung« ist die Informatik die Grundlage der Einwirkungen; die Physik bewirkt in ihren Diensten das, was die »Computertotalität« des Universums verlangt; jedoch das Substrat dieses »kosmischen Denkens« nimmt schließlich eine explosive Gestalt an, denn die materielle Basis des Denkens wird mit ihren Konfigurationen in steigendem Maße instabil, bis *das*, womit der Metacomputer dachte, detoniert, und die Metagalaxis als eine Überwolke der expandierenden feurigen Splitter entsteht; die Gegenwärtigkeit von vernunftbegabten Wesen in den Abgründen der »seelenlosen« Phase wird gewissermaßen nebenbei erklärt, denn es seien Relikte, »Splitter«, »Abfälle« der vorhergehenden Phase. »Nachdem das gedacht wurde, dessen Ylem der Gedankenträger ist, wird die Totalität zerfetzt und die Flucht der Nebelflecke eingeleitet; indem diese wiederkehren und sich komprimieren, bilden sie das Granulat des wiedererstehenden Metacomputers – und die Pulsation

›Geist‹ – ›Ungeist‹ der Materie, die sich in Denken und Gedachtes organisiert, das in Materie zerfällt, kann unbegrenzt lange währen.« Andere Varianten dieser »Noo-Pulsations-Theorie« wird der Leser im VI. Kapitel des Ergänzungsbandes finden.

Zur bitischen Humoristik gehört wahrscheinlich die Konzeption, derzufolge das Universum so aussehe, wie es eben aussieht, weil die in allen Galaxien wirkenden Astroingenieure versuchten, »diesen Kosmos abzuwarten«, und zwar dank der Beschleunigung der Massen oder irgendwelcher Vehikel bis zur Lichtgeschwindigkeit, denn ein Körper mit dieser Geschwindigkeit vermag in der Zeit, die in sich selbst kaum ein paar irdischen Monaten gleichkommt, Jahrmilliarden »abzuwarten« (gemäß dem Relativitätseffekt): So sind denn die riesigen Quasar-, Pulsar- und Nebulareruptionen nichts weiter als Auswirkungen eines Astroingenieurwesens, das sich bemühe, aus der gegebenen Phase des Universums in die folgende »überzuspringen«, also nichts als »ortsverändernd-zeitliche« Arbeiten, in der Absicht, den aktuellen Kosmos zu »transzendieren«, da offenbar die nächste Phase einer Kolonisation würdiger sein wird. Mit der Revue solcher Aktionen schließt der neue, fünfte Band der »Geschichte der bitischen Literatur«.

Vestrands Extelopädie in 44 Magnetbänden

Vestrand Books Co.
NEW YORK LONDON MELBOURNE
MMXI

Proffertine

VESTRAND BOOKS schätzen sich glücklich, Ihnen die Subscription

der künftigsten

Extelopädie anbieten zu können, die je erschienen ist. Wenn Sie sich infolge von Überbeanspruchung durch ihre Arbeit bisher noch mit keiner EXTELOPÄDIE vertraut machen konnten, dienen wir Ihnen mit unserer Erklärung. Die traditionellen Enzyklopädien, die seit zwei Jahrhunderten in allgemeinem Gebrauch sind, begannen in den siebziger Jahren eine ernste Krise durchzumachen, die dadurch hervorgerufen wurde, daß die in ihnen enthaltenen Informationen sich bereits zu dem Zeitpunkt, als sie die Druckerei verließen, als veraltet erwiesen. Der Auzyk, das heißt die Automatisierung des Produktionszyklus, konnte das nicht verhindern, denn die Zeit, die die Experten – die Autoren der Stichworte – brauchen, läßt sich nicht auf Null reduzieren. So verstärkte sich mit jedem Jahr die Inaktualität der modernsten Enzyklopädien, die schon, wenn sie in die Regale gelangten, nur noch einen historischen Wert hatten. Viele Herausgeber versuchten dieser Krise vorzubeugen, indem sie jährlich und dann vierteljährlich besondere Ergänzungsbände veröffentlichten, bald jedoch übertrafen jene Ergänzungen in ihrem Umfang die Ausmaße der eigentlichen Ausgabe. Das Bewußtsein, daß sich dieser Wettlauf mit der Beschleunigung der Zivilisation nicht gewinnen lasse, entmutigte schließlich Herausgeber und Autoren.

Es kam also zur Ausarbeitung der Ersten Delphiklopädie, also einer Enzyklopädie, die eine Sammlung von Stichworten war, mit Inhalten, die für die Zukunft vorhergesagt wurden. Jedoch die Delphiklopädie entsteht in Anlehnung an die sogenannte Delphische Methode, das heißt, banal ausgedrückt, dank der Abstimmung befugter Experten. Da sich indes die Meinungen der Experten nicht immer decken, enthielten die ersten Delphiklopädien Stichworte in zwei Varianten über ein- und dasselbe Thema – entsprechend der Meinung und der Minorität der Fachleute, oder sie besaßen zwei Versionen (Maxiklopädie und Miniklopädie). Die Abnehmer akzeptierten jedoch diese Neuerung nur unwillig, und der bekannte Physiker und Nobelpreisträger Prof. Kutzinger verlieh seinem Unwillen Ausdruck, indem er äußerte, das Publikum brauche Informationen über Dinge, nicht über die Streitigkeiten der Spezialisten. Und erst dank der Initiative der VESTRAND BOOKS änderte sich die Situation geradezu revolutionär.

Die EXTELOPÄDIE, die wir Ihnen in vierundvierzig handlichen Magnetbänden offerieren, eingebunden in Virginal, die Immer Warme Jungfernpseudohaut, SELBSTvorschnellend auf Aufforderung mit dem richtigen Magnetband, der sich SELBST blättert und von SELBST bei dem verlangten Stichwort stoppt, enthält 69 500 verständlich, jedoch exakt redigierte Stichworte, die sich auf die Zukunft beziehen. Im Gegensatz zur Delphiklopädie, Maxiklopädie und Miniklopädie stellt

VESTRANDS EXTELOPÄDIE

das garantierte Resultat einer *menschenfreien*, also auch *fehlerfreien* Arbeit unserer achtzehntausend COMFUTER (futurologischen Computer) dar.

Hinter den Stichworten von VESTRANDS EXTELOPÄDIE steht ein Kosmos von achthundert Gigatrillionen Semo-numerischer Berechnungen, die in der Komurbs unseres Verlages von den BASCHWELUKEN – den Batterien der Schwersten Lumenischen Comfuter ausgeführt wurden. Ihre Arbeit kontrollierte unser SUPERFUTER, die elektronische Verkörperung des Mythos vom Übermenschen, der uns zweihundertachtzehn Millionen sechsundzwanzigtausend dreihundert Dollar gekostet hat – berechnet nach den Preisen des Vorjahres. Die EXTELOPÄDIE ist die Abkürzung der Termini EXTRAPOLATIVE TELEONOMISCHE ENZYKLOPÄDIE oder auch GEZIEPRENZYK (gezielte prognostische Enzyklopädie) mit maximalem Zeitvorlauf.

WAS ist unsere Extelopädie?

Sie ist das am schönsten ausgetragene Kind der Präfuturologie, jener ehrbaren, obschon primitiven Disziplin, die das Ende des zwanzigsten Jahrhunderts geboren hat. Die Extelopädie bringt Informationen über die Historie, die erst geschehen wird, das heißt über die *allgemeine Werdezeit*, über kosmonomische, kosmolytische und kosmatische Dinge, über *alles*, was *entführt* werden wird, einschließlich der Daten, *mit welchem Ziel und von welchen Standpunkten* aus das erfolgen wird, sowie der Angaben über die neuen großen Errungenschaften der Wissenschaft und Technik nebst der Spezifizierung all dessen, wodurch Sie persönlich am meisten bedroht sein werden, über die Evolution der Religionen und Glaubensbekenntnisse, u. a. unter dem Stichwort FUTURELIGIONEN sowie über 65 760 andere Fragen und Probleme. Sportamateure, die von der Ungewißheit über die Ergebnisse in allen Konkurrenzen geplagt sind, werden sich dank der

Extelopädie viele überflüssige Ärgernisse und Aufregungen ersparen, auch in den Disziplinen der Leichtathletik und Erothletik – sofern sie nur

den sehr vorteilhaften Kupon

unterschreiben, der dieser Proffertine beigefügt ist.*

Aber bietet VESTRANDS EXTELOPÄDIE wahre und sichere Informationen? Wie aus den Untersuchungen des MIT, MAT und MUT resultiert, die im USIB (United States Intellectual Board) vereinigt sind, zeichneten sich unsere beiden vorherigen Ausgaben der Extelopädie durch eine Abweichung von den faktischen Sachverhalten in den Grenzen 9,008-8,05 Prozent pro Mittelwert des Buchstabens aus. Jedoch die vorliegende *künftigste* Ausgabe wird mit einer Wahrscheinlichkeitsrate von 99,0879 Prozent im Herzen der Zukunft verankert sein.

Weshalb sie so genau ist

Warum können Sie sich völlig auf die vorliegende Auflage verlassen? Weil diese Edition dank der Erstanwendung zweier völlig neuer Methoden der Sondierung der Zukunft auf der Welt entstanden ist – nämlich der SUPLEXMETHODE und des KRETILINGVERFAHRENS.

Die SUPLEXMETHODE, das heißt die Superkomplexmethode leitet sich von dem Verfahren ab, mit dem das Computerprogramm Mac Flac Hac im Jahre 1983

alle großen Schachmeister

gleichzeitig geschlagen hat, u. a. auch Bobby Fisher, indem es ihnen während des Simultanspiels achtzehn

* Proffertine – siehe: beigefügter Gratisprobebogen der Extelopädie.

Hinter den Stichworten von VESTRANDS EXTELOPÄDIE steht ein Kosmos von achthundert Gigatrillionen Semo-numerischer Berechnungen, die in der Komurbs unseres Verlages von den BASCHWELUKEN – den Batterien der Schwersten Lumenischen Comfuter ausgeführt wurden. Ihre Arbeit kontrollierte unser SUPERFUTER, die elektronische Verkörperung des Mythos vom Übermenschen, der uns zweihundertachtzehn Millionen sechsundzwanzigtausend dreihundert Dollar gekostet hat – berechnet nach den Preisen des Vorjahres. Die EXTELOPÄDIE ist die Abkürzung der Termini EXTRAPOLATIVE TELEONOMISCHE ENZYKLOPÄDIE oder auch GEZIEPRENZYK (gezielte prognostische Enzyklopädie) mit maximalem Zeitvorlauf.

EBEN DAVON HÄNGT DIE ZUKUNFT AB!

Um jedoch das Ergebnis, das mit der Suplexmethode erzielt wurde, einer Kontrollfixierung (Kruzifix, resp. CRUCIFIX) zu unterziehen, haben wir ungeachtet der großen Kosten eine andere, ebenfalls völlig neue Methode – die FUTULINGUISTISCHE Extrapolation angewandt.

Sechsundzwanzig unserer KONFULINTEN (Linguistischer Computer, vertrauensvoll gekoppelt, d. h. vertraupelt) schufen, gestützt auf die Analyse der Entwicklungstendenzen, d. h. der Trends mit indeterministischem Gradienten (Trendenderenten), zweitausend Idiome, Dialekte, Nomenklaturen, Slangs, Onomastiken sowie Grammatiken der Zukunft.

Was bedeutet diese Pioniertat? Sie bedeutete die Schaffung einer *sprachlichen Weltbasis nach dem Jahr zweitausendzwanzig.* Kurz gesagt – unsere COMURBS – das heißt die Computerstadt, die 1720 Intelligenzeinheiten pro Kubikmillimeter des MAPSYNTs (Psychisch-Synthetische Masse) zählt, konstruierte Wörter, Sätze, Syntax und Grammatik (sowie die Bedeutung) von Sprachen, deren sich die Menschheit in der Zukunft bedienen wird.

Selbstverständlich bedeutet es noch nicht – wenn man nur die Sprache kennt, in der sich die Menschen miteinander und mit den Maschinen in zehn, zwanzig oder dreißig Jahren verständigen werden –, daß man weiß, *wovon* sie dann am liebsten und häufigsten reden werden, eben das muß man wissen, denn gewöhnlich redet man zuerst, und dann denkt man und handelt. Die grundlegenden Unzulänglichkeiten aller bisherigen Versuche, eine Sprachliche Futurologie oder PROGNOLINGUA zu konstruieren, ergaben sich aus der falschen Rationalität der Prozeduren. Die Gelehrten setzten nämlich stillschweigend voraus, daß die Menschen in der Zukunft *lauter vernünftige Dinge* reden und dementsprechend handeln werden.

Indessen haben Forschungen ergeben, daß die Menschen *meistens Dummheiten* reden. Um also in einer Extrapolation mit einem Vorlauf von einem Vierteljahrhundert

die typische menschliche Ausdrucksweise

zu simulieren, wurden von uns IDIOMATEN sowie COMDEBILE (COMPFUSCHER), das heißt – idiomatische Automaten sowie pfuschende Computer – Debile konstruiert, und diese erst schufen die PARAGENAGRATIK, d. h. die paralogische generative Grammatik der Sprache der Zukunft.

Kontrollprofuter, die Langlings, sowie Pramnesto-schizoplegiatoren vermochten dadurch 118 Untersprachen (Idiome, Dialekte, Slangs) aufzustellen, solche wie TRATSCHEX, PLAPPEX, REDAN, STIMMEL, HUMPITZ, PLEPLEX, AGRAM und CRELINAX. Auf dieser Grundlage entstand schließlich die KRETILINGUISTIK, die es gestattete, das KRUZIFIX-Programm zu realisieren. In Sonderheit ermöglichte dies die Durchführung intimer Prognosen, die die Futerotik betreffen (u. a. Einzelheiten aus dem Zusammenleben der Menschen mit den Artorgen und Amorgen auch in den Lüsternischen und Pervertinen im Bereich der gravitationslosen orbitalen, venerischen und martialischen Sexonautik). Dies gelang dank solcher Programmierungssprachen wie EROTIGLOM, PANTUSEX und BYWAY.

Aber das ist noch nicht alles! Unsere KONTRFUTER, d. h. kontrollfuturologische Computer, haben die Ergebnisse der KRETILING- und SUPLEXMETHODE aufgearbeitet – und erst aus dem Ablesen von dreihundert Gigabit Informationen entstand KOKEL, d. h. der Komplexe Korrektor des Embryos der Extelopädie.

Warum des Embryos? Weil so die Version einer Extelopädie entstanden war, die für alle Lebenden – einschließlich der Nobelpreisträger *unverständlich* schien.

Warum unverständlich? Weil dies Texte waren, artikuliert in einer Sprache, die heute noch niemand spricht und somit nicht begreifen kann. Und so oblag es unseren achtzig RETROLINTERN, die sensationellen Daten, die in einer originellen Sprache formuliert waren, von der die Kunde erst kommen wird – in ein zeitgenössisches Idiom rückzuübersetzen.

Wie bedient man sich der Vestrand-Extelopädie? Sie wird auf einer bequemen Stellage deponiert, die wir für ein geringes zusätzliches Entgelt liefern. Danach postiert man sich in einem Abstand von zwei Schritten von den Regalen und spricht das gewünschte Stichwort in sachlichem Ton und nicht zu laut aus. Hierauf springt Ihnen der richtige Magnetoband selbstblätternd in die ausgestreckte rechte Hand. Der geschätzte Linkshänder wird gebeten, das Ausstrecken *stets* der rechten Hand zuvor zu trainieren; widrigenfalls kann der Magnetoband nämlich in seiner Flugbahn abgelenkt werden und, wenn schon schmerzlos, den Sprechenden oder auch unbeteiligte Personen treffen und gar verletzen.

Die Stichworte sind *zweifarbig* gedruckt. *Schwarze* Stichworte bedeuten, daß der PROPROWIRT (Probabler Prozentsatz der Verwirklichung) 99,9% übersteigt, daß er also, volkstümlich gesprochen, bombensicher ist.

Die *roten* Stichworte bedeuten, daß ihr Proprowirt unter 86,5% liegt und daß im Hinblick auf diesen unerwünschten Tatbestand der ganze Text jedes Stichworts in ständiger (hologenetischer) Fernverbindung mit der Chefredaktion der VESTRAND-Extelopädie steht. Sobald unsere Profuter, Panter und Kredakteure ein neues konkretes Ergebnis in ihrer unaufhörlichen, die Zukunft erforschenden Arbeit erzielen – wird der Text des Stichworts, das rot gedruckt ist, selbsttätig richtig formuliert werden. Für die auf diese ferngesteuerte unfühlbare und optimale Weise erfolgenden Korrekturen werden vom Verlag VESTRAND

keinerlei

zusätzliche Vergütungen von den geschätzten Subskribenten verlangt!

Im extremen Fall, der mit einem niedrigeren Proprowirt als 0,9% versehen ist, kann auch der Text des *vorliegenden Prospekts* einer sprunghaften Veränderung ausgesetzt sein. Wenn Ihnen bei der Lektüre dieser Sätze die Wörter vor den Augen zu tanzen und die Buchstaben zu zittern und zu verschwimmen beginnen, ist die Lektüre für zehn bis zwanzig Sekunden zu unterbrechen, entweder um die Brillengläser zu wischen, oder um den Zustand der Garderobe zu überprüfen u. ä. und dann von neuem, d. h. vom Anfang an, aufzunehmen – nicht nur von der Stelle an, wo sie unterbrochen wurde, denn ein solches Flimmern bedeutet die sich vollziehende Korrektur der Mängel.

Wenn jedoch nur der unten angegebene *Preis* der VESTRAND-EXTELOPÄDIE zu flimmern (zu zittern bzw. zu verschwimmen) beginnt, braucht in diesem Fall nicht der ganze Prospekt von neuem gelesen zu werden, denn die Änderung betrifft dann ausschließlich *die Bedingungen der Subskription,* die sich – mit Rücksicht auf den Ihnen wohlbekannten Stand der Weltwirtschaft leider nur mit einem 24-minütigen Vorlauf vorhersagen lassen.

Das Gesagte gilt ebenfalls für das vollständige Assortiment an Anschauungs- und Hilfsmaterialien der VESTRAND-EXTELOPÄDIE. Diese umfassen gesteuerte, bewegliche, fühlbare sowie schmackhafte Illustrationen. Außerdem gehören hierher Futudellen und Autokonstrukte (selbstbauende Aggregate), die wir zusammen mit der Stellage sowie dem vollständigen Satz Magnetbände – in einem besonderen geschmackvollen Kofferbehälter liefern. Auf Wunsch programmieren wir den gesammelten Inhalt der Extelopädie dergestalt, daß er ausschließlich auf Ihre Stimme (die Stimme des Besitzers) reagiert.

Im Falle von Aphasie, Heiserkeit usw. ersuchen wir

Sie höflich, sich an die nächste Vertretung von VESTRAND BOOKS zu wenden, die Ihnen unverzüglich Hilfe leisten wird. Unser Verlag bereitet gegenwärtig neue, luxuriöse Varianten der Extelopädie vor, und zwar: ein sich selbst in drei Stimmen und zwei Registern (männlich, weiblich, sächlich – einschmeichelnd, nüchtern) lesendes Modell, ferner das Modell Ultra-deluxe, das unter Garantie Störungen des Empfangs durch Fremde (z. B. durch die Konkurrenz) ausschließt, ausgestattet mit einer kleinen Bar und einem Schaukelstuhl, und schließlich das für Ausländer bestimmte Modell UNIVERZEICH, das den Inhalt der Stichworte mit Hilfe von Zeichen und Gebärden vermittelt. Der Preis dieser Sonderausfertigung wird wahrscheinlich 40 bis 190% höher liegen als der für die Standardausgabe.

VESTRANDS
Extelopädie

PROBEBOGEN GRATIS!

VESTRAND BOOKS
NY · LONDON · MELBOURNE

PROFFERTINE – Handels- oder Dienstleistungsofferte, fußend auf prognostischer Erforschung des Marktes. Es werden zivile P. (PROFFERTINEN) und militärische (PROMILTINEN) unterschieden. 1. PROFFERTINEN werden unterteilt in Periffertinen, mit einem Vorlauf von einer Dekade, und in Apoffertinen, mit einem Zeitvorlauf bis zur Gläulerbarriere (s. GLÄULERS BARRIERE, ebenfalls PRERIERE sowie PRODOXE). Die Ingerenz der Konkurrenz oder INGURRENZ (s. d.), die meist durch illegales Einschalten in das öffentliche Promputernetz erfolgt (s. PROMPUTERNETZ), verwandelt die Proffertinen in PERVERTINEN (s. d.), das heißt in selbstruinierende Prognosen (siehe auch: INGURRENTIVER BANKROTT, PROGNOLYSE, PROGNOSENABSCHIRMUNG SOWIE GEGENVORHERSAGE). 2. Die PROMILTINEN stützen sich auf die Vorhersage der Entwicklung von Kampfmitteln (hardwarware) und des kriegerischen Denkens (softwarware). Bei der Vorhersage bedient sich die P. der Algebra von Konfliktstrukturen, d. h. der ALGO STRATIK (s. d.) Geheime P., also KRIPTINEN sind von den Prognosen geheimer, d. h. KRYPTOMACHISCHER (s. d.) Kampfmittel zu unterscheiden. Mit geheimen Prognosen geheimer Waffen befaßt sich die KRIPTOKRIPTIK.

PROFESSOR, anders COMDIH (didaktischer Computer, habilitiert) – ebenfalls ZIFFERNKISTE (s. d.), unterrichtendes System, zugelassen an höheren Schulen durch USIB (United States Intellectronical Board, s. d.) Vergleiche auch: PRÄPANZ (GEPANZERTER PRÄZEPTOR! (widerstandsfähig gegen kontestierende Aktivitäten der Studierenden) sowie TECHNIKEN der ANTIKONTESTATION und KAMPFMITTEL. Der Ausdruck Professor bezeichnete früher einen Menschen, der analoge Funktionen ausführte.

PROFUSION – prognostizierte Fusion, ökonomische Waffe der Zukunft. Vgl. INDIVIDUALITÄT und MARKTWIRTSCHAFT, auch: SYSTEMACHIE.

PROGNODOXE oder Prodoxe: Paradoxe der Prognostizierung. Zu den wichtigsten P. gehören: das P. A. Rümmelhahns, das P. M. de la Faillances sowie das metasprachliche P. GOLEMS (s. GOLEM). 1. Das Rümmelhahnsche Paradox hängt zusammen mit dem Problem der Überwindung der Voraussagebarriere. Wie Gläuler nachweisen konnte und unabhängig von ihm U. Bość, bleibt die Vorhersage der Zukunft in der säkularen Barriere stecken (genannt Serriere oder Prerriere). Hinter der Barriere nimmt die Vertrauenswürdigkeit der Prognosen einen negativen Wert an, was bedeutet, daß alles anders erfolgen wird, als es in der Prognose vorgesehen ist. Rümmelhahn wandte die chronokurrente Exformatik zur Umgehung der genannten Barriere an. Die chronokurr. Ef. stützt sich auf die Existenz der Isotheme (s. Isotheme). Das Isothema ist eine Linie, die im Semantischen Raum (s. d.) durch alle thematisch identischen Publikationen hindurchführt, ähnlich wie in der Physik die Isotherme eine Linie ist, die durch gleichwarme Punkte führt, und in der Kosmologie die Isopsyche eine Linie ist, die durch alle Zivilisationen der gegebenen Entwicklungsstufe im All hindurchgeht. Wenn man den bisherigen Verlauf einer Isotheme kennt, kann man daraus im semantischen Raum unbegrenzt extrapolieren. Rümmelhahn entdeckte mit der Methode, die er selbst die »Methode der Jakobsleiter« nannte, alle Werke über prognostische Thematik entlang eines solchen Isothemas. Er tat dies schrittweise, indem er zunächst den Inhalt des jeweils in der Zukunft nächsten Werkes vorhersagte, und dann, in Anlehnung an jenen Inhalt, die nächste Publikation prognostizierte. Auf diese Weise umging er die Gläulerbarriere und gewann Daten über den Zustand Amerikas im Jahre 10^{10}. Mullainen und Zuck fochten diese Prognose an und betonten, daß im Jahre 10^{10} die Sonne bereits als roter Riese (s. d.) weit hinter die Umlaufbahn der Erde reichen werde. Jedoch das eigentliche Paradox Rümmelhahns beruht darauf, daß man die prognostischen Werke an dem Isothema ebensogut nach vorn wie nach hinten verfolgen kann; Varbleux hatte denn auch in Anlehnung an die chronokurrente Rechnung Rümmelhahns Daten über den Inhalt der futurologischen Werke vor 200 000 Jahren, d. h. im Quartär, aber auch in der Kohlezeit (Karbon) und im

Archezoikum gewonnen. Anderswoher ist bekannt, wie T. Vroedel hervorhebt, daß es vor 200 000, vor 150 Millionen sowie vor einer Milliarde Jahren weder Druck noch Bücher noch Menschen gegeben hat. Zwei Hypothesen versuchen das Paradox Rümmelhahns zu erklären: A. Nach Omphalides sind die Texte, deren Rekonstruktion gelungen ist, solche Texte, die zwar nicht entstanden sind, die aber hätten entstehen können, wenn sie in der fraglichen Zeit jemand niedergeschrieben und herausgegeben hätte. Es ist dies die sogenannte Hypothese der Virtualität der Isothemischen Retrognose (s. d.). B. Nach d'Artagnan (dies das Pseudonym der französischen Refutologen) wohnen der Axiomatik der isothemischen Exformatik die gleichen unüberwindlichen Widersprüche inne wie der klassischen Theorie Cantors (s. Klassische Mengenlehre). 2. Das prognostische Paradox von de Faillance betrifft ebenfalls die isothematische Vorhersage. Dieser Forscher verwies auf den Umstand, daß die momentane Veröffentlichung eines Werkes auf Grund chronokurrenter Erschließung, das erst in 50 oder 100 Jahren als Erstdruck erscheinen soll, damit das Erscheinen des Werkes als Erstdruck unmöglich macht. 3. Das metasprachliche Paradox Golems: bekannt ebenfalls als autostratisches Paradox. Nach den neuesten Untersuchungen der Historiker hat nicht Herostratos, sondern Heterostratos den Tempel in Ephesus angezündet. Diese Person vernichtete etwas außerhalb ihrer selbst, d. h. etwas anderes und daher ihr Name. Autostratos ist hingegen derjenige, der sich selbst vernichtet (selbstmörderisch). Leider ist es nur gelungen, diesen Teil des Paradoxes von Golem in eine verständliche Sprache zu übersetzen. Der Rest des Golemschen Paradoxes in der Form:

Xi.viplu (a + ququ 0,0)
e. l + m.el + edu − d.qi

ist grundsätzlich in ethnische Sprachen unübersetzbar, ebensowenig in beliebige Formalismen von mathematischem oder logischem Typ. (Auf dieser Unübersetzbarkeit beruht eben das P. Golems). (Siehe auch Metasprachen sowie Prognolinguistik). Es gibt mehrere Hundert verschiedener Auslegungen des Golemschen P.; nach T. Vroedel, einem der größten heute lebenden Mathematiker, besteht Golems P. darin, daß es für Golem kein Paradox ist, sondern nur eins für die Menschen. Das ist das erste entdeckte Paradox, das auf die intellektuelle Macht der Subjekte relativiert (bezogen) wurde, die Erkenntnistätigkeit ausüben. Den gesamten Komplex der mit dem Golemschen P. verknüpften Probleme erörtert Vroedels »Die allgemeine Relativitätslehre des Golemschen Paradoxons.« (Göttingen 2075).

PROGNOLINGUISTIK

Disziplin, die sich mit der prognostischen Konstruktion der Sprachen der Zukunft befaßt. Die künftigen Sprachen kann man in Anlehnung an ihre aufgedeckten infosemischen Gradienten sowie dank der generativen Grammatiken und Wortschaffen nach der Zwiebulin-Tschossnitz-Schule (s. GENAGRATIK sowie WORTSCHAFFEN) konstruieren. Die Menschen sind zu selbständigem Vorhersagen der Sprachen der Zukunft nicht fähig; damit befassen sich im Rahmen des Projekts PREVOLING (Prognostizieren der linguistischen Evolution) die TERATER und die PANTER (s. d.), die HYPERTERIER (s. d.), oder Computer der 82. Generation, die an den GLOBOTER (s. d.) angeschlossen sind, d. h. an das irdische exformatische Netz samt seiner INTERPLANE (von »Interfacies planetaris« – s. d., die Brükkenköpfe auf den inneren Planeten mit Satellitengedächtnis sind (s. d.). So sind weder die Theorie der Prolinguistik noch ihre Früchte – die METASPRACHEN (s. d.) für die Menschen verständlich. Dennoch gestatten die Ergebnisse des Projekts PREVOLING beliebige Aussagen in Sprachen einer beliebig entfernten Zukunft auszudrükken; einen Teil davon kann man mit Hilfe der RETROLINTER in für uns verständliche Sprachen übersetzen und die so gewonnenen Inhalte praktisch auswerten. Gemäß der Schule Zwiebulin-Tschossnitz (die an die von N. Chomsky im 20. Jahrhundert eingeschlagene Richtung anknüpft) ist der Amblyon-Effekt das grundlegende Gesetz der Sprachentwicklung – des Zusammenlaufens ganzer Artikulationsperioden zu neu entstehenden Begriffen und ihren Bezeichnungen. Und so wird z. B. die gesamte nachfolgende Definition: »Die Institution oder Dienstleistungsstelle oder auch Verwaltungsbehörde, in deren Inneres man mit einem Auto oder einem beliebigen anderen Fahrzeug hineinfahren kann, um ihre Dienste in Anspruch zu nehmen, ohne das Vehikel verlassen zu müssen« im Verlaufe der Sprachentwicklung einer Zusammenziehung in »drive in« (REINEFAHRT) unterzogen. Derselbe kontaminierende Mechanismus war auch wirksam, als die Formulierung »Relativistische Effekte, die eine Feststellung dessen, was auf dem um »N« Lichtjahre von der Erde entfernten Planeten X jetzt geschieht, unmöglich machen, zwingen das Ministerium für Außerirdisches dazu, die kosmische Politik nicht auf reale Vorkommnisse auf anderen Planeten zu stützen, da diese prinzipiell unzugänglich sind, sondern auf die simulierte Geschichte dieser Planeten, mit welcher Simulierung eben sich Forschersysteme, MINISTRATOREN mit Namen (s. d.), befassen, die auf außerirdische Sachverhalte eingestellt sind« – durch ein einziges Wort »wonder« ersetzt wurde. Dieses Wort (sowie seine Ableitungen, wie wunderlich, Wunderer, erwundern, zerwundern, verwindern, verwondern usw. (es bestehen 519 Bildungen) ist das Resultat des Zusammenlaufens eines gewissen Begriffsnetzes in eine Neuprägung. Sowohl »reinefahrt« wie »wondern« sind Wörter, die zur aktuell gebrauchten Sprache gehören, welche in der prognolinguistischen Hierarchie NULLSPRACHE heißt. Über die Nullsprache erheben sich die nächsthöheren Sprachniveaus, wie METASPRACHE 1, METASPRACHE 2 usw. – wobei unbekannt ist, ob diese Serie eine Grenze hat oder ob sie unendlich ist. Der gesamte Text des vorliegenden Stichworts der EXTELOPÄDIE »PROGNOLINGUISTIK« lautet in der METASPRACHE 2 wie folgt: »Optimel 1 im n-Kobereich glitscht in n-t-Synklusdebel«. Wie wir also sehen, besitzt prinzipiell jeder Satz einer beliebigen Metasprache seine Entsprechung in unserer Nullsprache. (Das heißt, es gibt keine grundsätzlichen zwischensprachlich unüberschreitbaren Lücken.) Während jedoch eine beliebige nullsprachliche Aussage stets ihre bündigere Entsprechung in der Metasprache besitzt, gibt es praktisch keine Umkehrmöglichkeit. Und so kann man den Satz aus der Metasprache 3, deren sich GOLEM meist bedient: »Ausgereinefahrteter Würgomathiker seift prencyk a^n trencyk im Kosmautikum« deshalb nicht in eine menschliche ethnische (Null-Sprache) übertragen, weil die Zeit, die für das Aussprechen der nullsprachlichen Entsprechung erforderlich wäre, länger als ein Menschenleben währen würde. (Nach Schätzungen Zwiebulins müßte diese Äußerung in unserem Idiom 135±4 Jahre dauern.) Obwohl wir es nicht mit einer grundsätzlichen Unübersetzbarkeit zu tun haben, sondern lediglich mit einer praktischen, hervorgerufen durch zeitraubende Prozeduren, kennen wir keine Methode, um sie zu verkürzen, und deshalb können wir die Ergebnisse der metasprachlichen Operationen nur mittelbar erzielen – dank Computern von mindestens der 80. Generation. Die Existenz von Schwellen zwischen den einzelnen Metasprachen erklärt T. Vroedel durch die Erscheinung des Teufelskreises: Um die lange Definition eines Sachverhalts zum Zusammenlaufen in eine bündige Form zu bringen, muß man zuerst selbst jenen Sachverhalt verstehen, doch wenn man ihn nur dank der Definition verstehen kann, die so lang ist, daß ein ganzes Leben nicht reicht, um sie sich anzueignen, wird die Operation der Reduzierung undurchführbar. Nach Vroedel ist die Prognolinguistik, die in der maschinellen Vermittlung betrieben wird, bereits über ihr ursprüngliches Ziel hinausgeschritten, denn sie sagt ja keine Sprachen voraus, deren sich die Menschen irgendwann bedienen können – es sei denn, daß sie im Rahmen der Autoevolution ihre Hirne umgestalten. Was also sind Metasprachen? Hierauf fehlt eine einzige, endgültige Antwort. GOLEM, der die sogenannten »Sondierungen nach oben« durchführte, zum Gradienten der Sprachevolution hin, entdeckte 18 höhere metasprachliche Niveaus, die für ihn erreichbar sind, und deutete allgemein die Existenz von weiteren fünf an, zu denen er nicht einmal mehr modellartig vorstoßen kann, da sein informatives Fassungsvermögen dafür nicht ausreicht. Vielleicht existieren Metasprachen von so hohem Niveau, daß die gesamte Materie des Kosmos nicht genügen würde, um ein System zu bauen, das sich dieser Metasprachen bedienen könnte. In welchem Sinne darf man also behaupten, daß diese hohen Metasprachen existieren? Dies ist eins der schwierigen Dilemmas, die sich im Verlaufe der prognolinguistischen Arbeiten ergeben haben. Die Entdeckung der Metasprachen entschied jedenfalls negativ über den jahrhundertelangen Streit um die Steigerungsfähigkeit des menschlichen Verstandes: er ist nicht steigerungsfähig, das wissen wir mit Bestimmtheit; die Konstruierbarkeit der Metasprachen bietet den Beweis für die Möglichkeit der Existenz von Wesen (oder Systemen), die vernünftiger sind als der homo sapiens. (Siehe auch: PSYCHOSYNTIK; METASPRACHLICHER GRADIENT; SPRACHHÖCHSTGRENZEN; LINGUISTISCHE RELATIVITÄTSTHEORIE; DAS CREDO T. VROEDELS; BEGRIFFSNETZE.) Vergleiche auch Tabelle LXXIX.

Tabelle LXXIX

Reproduktion des Stichworts MAMA aus dem Wörterbuch der Nullsprache, vorhergesagt für das Jahr 2190 + 5 Jahre. (Nach Zwiebulin und Courdlebye)

MAMA Subst. weibl. Geschl. 1. Miniatombombe, illeg. Prod., meist gebr. von Entf., Terr., Maf., Gangst., Narkom., Wahns., Kontest., Band., Erpr., Pervert., und anderen. MAMASCHA, dslb., in Taschen getragen, gewöhnlich mit Fernzünd. MUTTEL, auch: MUTTELE, dslb., in radioaktivem Thalliumschutzmantel (Tl) zur Verstärkung der Schlagkraft. MAMMI, auch MAMMILEIN, dslb., in Schutzmantel aus Yttrium und Stickstoff (Y, N). MAMUNZE – dslb., mit Ladung von 1 Unze Uran (U 235). MAMACHEN, auch: NULLCHEN, kleine A. B. mit Schutzmantel aus Isotop. des Urans, des Kohlenstoffs und des Stickstoffs (U, C, H, N). Verursacht bleibende Verseuchung im Umkr. von 1 Meile. MUTTI, MUTTILEIN, MUTTILEINCHEN – kl. Wasserstoffbombe mit Titan (Ti) und Indium (In) als Explosionssubstr.
2. Frau, die ein Kind geboren hat (ungebräuchlich).

Tabelle LXXX

Diagramm* der linguistischen Evolution nach Vroedel und Zwiebulin

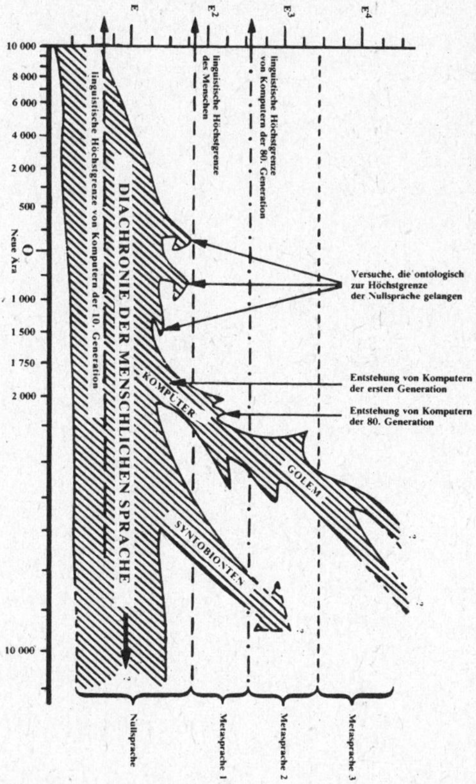

Erläuterung: In der Horizontalen ist die Zeit in Jahrtausenden angegeben, in der Vertikalen – das konzeptuale Volumen in Bits pro Sem pro Sekunde des Artikulationsstroms (in Epsilon-Raumeinheiten).

* Keine Prognose.

PROGNORRHOE anders prognostischer Durchlauf, Kinderkrankheit der Futurologie im 20. Jahrhundert (s. Praprognostik), die zur Ersäufung wesentlicher Prognosen in unwesentlichen geführt hat, und zwar infolge der Entkategorisierung (s. d.), sie schuf auch das sogenannte reine prognostische Rauschen (siehe auch: Rauschen, auch Prognosenstörungen).

PROLEPSIE anders Durchfallistik. Methodik (Theorie und Technologie) des Durchfallens, 1998 entd., 2008 zum erstenmal angewandt. Die P. fußt auf der Ausnutzung des Tunneleffektes (s. d.) in den dunklen Löchern des Kosmos. Wie nämlich Jeeps, Hamon und Wost im Jahre 2001 entdeckten, besteht der Kosmos aus dem Paraversum sowie dem Negaversum, die sich negativ im Reversum berühren. Deshalb trägt der gesamte Kosmos die Bezeichnung Polyversum (s. d.) und nicht wie früher – Universum (s. d.). Das proleptische System verlagert beliebige Körper aus unserem Paraversum ins Negaversum. Die Durchfallistik wird als Technik zur Entfernung . . .

MASSACHUSETTS
INSTITUTE OF TECHNOLOGY
presents

GOLEM XIV

FOREWORD BY
IRVING T. CREVE, M. A., PH. D.
AND
THOMAS B. FULLER II.
GENERAL US ARMY, RET.

MIT PRESS
2029

Vorrede

Den historischen Moment aufzuspüren, in dem der Prozeßrechner Verstandesqualitäten erreichte, ist ebenso schwer, wie jenen aufzuzeigen, der den Affen in den Menschen verwandelte. Und doch ist kaum ein Menschenleben vergangen seit dem Augenblick, da mit dem Bau des Analysators für Differentialgleichungen von Vannevar Bush die stürmische Entwicklung der Intellektronik eingeleitet wurde. Der nach ihm, gegen Ende des Zweiten Weltkrieges konstruierte ENIAC war eine Einrichtung, von der die noch verfrühte Bezeichnung des »Elektronenhirns« herrührt. Tatsächlich war ENIAC ein Computer, und am Lebensbaum gemessen – ein primitives Nervenganglion. Von ihm datieren die Historiker jedoch die Epoche der Computerisierung. In den fünfziger Jahren des 20. Jahrhunderts entstand eine beträchtliche Nachfrage nach Rechenmaschinen. Der Konzern IBM hatte sie als einer der ersten in die Massenproduktion eingeführt.

Diese Einrichtungen hatten mit Denkprozessen nur wenig gemeinsam. Sie stellten Datenumformer dar, sowohl auf dem Gebiet der Ökonomie und des Big Business als auch in der Verwaltung und in der Wissenschaft. Sie eroberten sich auch die Politik – schon die ersten wurden darauf verwandt, die Ergebnisse der Präsidentschaftswahlen vorherzusagen. Ungefähr zur gleichen Zeit gelang es der RAND Corporation, die militärischen Instanzen des Pentagon für die Methode der Prognostizierung von Ereignissen auf der internationalen militärisch-politischen Arena zu interessieren, die darin bestand, sogenannte »Szenarien« auszuarbeiten. Von hier war es nicht mehr weit zu vertrauensvolleren Techniken wie CIMA, aus denen nach zwei Dekaden die angewandte Algebra der Ereignisse entstand, genannt Politomatik. Auch in der Rolle der Kassandra hat der Komputer seine Macht manifestiert, als man zum erstenmal im Institute of Technology von Massachusetts formale Modelle der irdischen Zivilisation im Rahmen des berüchtigten Projekts »The limits to Growth« (Grenzen des Wachstums) anzufertigen begann. Doch nicht dieser Zweig der Computer-Evolution hat sich für den Ausgang des Jahrhunderts als der wichtigste erwiesen. Die Armee benutzte Rechenmaschinen seit dem Ende des zweiten Weltkrieges, und zwar im Einklang mit dem auf den Schauplätzen dieses Krieges entwickelten System der operativen Logistik. Mit Erwägungen auf der strategischen Stufe befaßten sich die Menschen, jedoch die sekundären und untergeordneten Probleme wurden in zunehmendem Maße den Computern überantwortet. Zugleich wurden diese dem Verteidigungssystem der Vereinigten Staaten einverleibt.

Sie bildeten die Nervenzellen des kontinentalen Warnsystems. Solche Netze pflegten in technischer Hinsicht sehr rasch zu veralten. Auf das erste, das CONELRAD hieß, folgten viele andere Varianten des Netzes EWAS (Early Warning System). Da das Angriffs- und Verteidigungspotential damals auf dem System der beweglichen (Unterwasser-) und unbeweglichen (unterirdischen) ballistischen Raketen mit thermonuklearen Sprengköpfen beruhte sowie auf dem Kreis der Radar- und Sonarbasen, erfüllten die Rechenmaschinen darin nur Funktionen von Verbindungsgliedern, also rein exekutive Aufgaben.

Die Automation eroberte das Leben Amerikas in breiter Front, zunächst von »unten« – das heißt von der

Seite solcher Dienstleistungen, die sich am leichtesten mechanisieren lassen, weil sie keine intellektuelle Aktivität erfordern (Bankwesen, Transport, Hotelbranche). Die militärischen Computer führten eng spezialisierte Aktionen durch, indem sie Ziele für einen kombinierten Atomschlag suchten, die Ergebnisse der Satellitenbeobachtungen auswerteten, die Bewegungen der Flotten optimalisierten und die Bahnen der MOLs (Military Orbital Laboratory – schwerer militärischer Satellit) koordinierten.

Wie zu erwarten war, wuchs der Bereich der Entscheidungen, die den automatischen Systemen überlassen wurden, unablässig. Das war im Zuge des Rüstungswettlaufs verständlich, jedoch auch die spätere Entspannung verwandelte sich nicht in eine Bremse der Investitionen an dieser Front, denn die Einfrierung des Wasserstoffbombenwettlaufs machte erhebliche Budgetsummen frei, auf die das Pentagon nach Beendigung des Vietnamkrieges nicht vollständig verzichten wollte. Doch auch zu diesem Zeitpunkt übertrafen die produzierten Computer der zehnten, elften und schließlich zwölften Generation den Menschen nur durch operative Geschwindigkeit. Dadurch wurde ebenfalls klar, daß eben der Mensch in den Verteidigungssystemen ein Element darstellt, das die richtige Reaktion bremst.

Man kann es daher als natürlich ansehen, daß in den Expertenkreisen des Pentagons – vor allem bei den Gelehrten, die mit dem sogenannten »militär-industriellen Komplex« liiert waren – die Idee entstand, dem geschilderten Trend der intellektronischen Evolution entgegenzuwirken. Diese Bewegung wurde gemeinhin als »antiintellektuell« bezeichnet. Wie die Historiker der Wissenschaft und der Technik behaupten, rührte die Bezeichnung von dem englischen Mathematiker um die Mitte des Jahrhunderts, A. Turing, dem Schöpfer der Theorie vom »universellen Automaten«. Das war eine Maschine, die *jede* Operation ausführen konnte, welche sich formalisieren ließ, der man also den Charakter einer vollkommen wiederholbaren Prozedur verleihen konnte. Der Unterschied zwischen der »intellektuellen« und der »antiintellektuellen« Richtung in der Intellektronik läßt sich darauf zurückführen, daß Turings Maschine, die von elementarer Einfachheit ist, ihre Möglichkeiten dem AKTIONSPROGRAMM verdankt. In den Arbeiten der beiden amerikanischen »Väter« der Kybernetik hingegen, N. Wiener und J. Neumann, wurde die Konzeption eines solchen Systems formuliert, das sich *selbst* programmieren kann.

Natürlich stellen wir diesen Scheideweg in gewaltiger Vereinfachung dar, gewissermaßen – aus der Vogelperspektive. Und es ist auch verständlich, daß sich die Fähigkeit der Selbstprogrammierung nicht an leerer Stelle ergab. Ihre unerläßliche Prämisse war die hohe Eigenkompliziertheit des Computerbaus. Diese Differenziertheit, die um die Mitte des Jahrhunderts noch nicht feststellbar war, hat einen großen Einfluß auf die weitere Entwicklung der mathematischen Maschinen genommen, zumal als sich solche Zweige der Kybernetik wie Psychonik und vielphasige Theorie der Entscheidungen selbständig gemacht hatten. In den achtziger Jahren wurde in den Militärkreisen der Gedanke an eine völlige Automatisierung aller höchster Aktionen sowohl militärisch-befehlshaberischen wie politisch-wirtschaftlichen Charakters geboren. Diese Konzeption, die später als die »Idee des Einzigen Strategen« bezeichnet wurde, soll General Stewart Eagleton als erster geäußert haben. Er sah über die Computer hinweg die Suche nach optimalen Angriffszielen voraus, die weiterreichte als das Netz der Kommunikation und Kalkulation, das über Alarm und Verteidigung bestimmte und weiter führte als Überwachungssysteme und Geschosse – ein machtvolles Zentrum, das während all der Phasen, die einem kriegerischen Extremfall vorausgehen, dank einer allseitigen Analyse ökonomischer, militärischer und politischer sowie sozialer Daten imstande wäre, die globale Situation der USA unablässig zu optimieren und dadurch den Vereinigten Staaten die Vormachtstellung im Maßstab des Planeten und seines kosmischen Nahbereichs zu sichern, der über den Mond hinausführt.

Die nächsten Befürworter dieser Doktrin behaupteten, daß es sich um einen notwendigen Schritt auf dem Gebiet des zivilisatorischen Fortschritts handele, und dieser Fortschritt bilde eine Einheit – also könne man den militärischen Sektor nicht willkürlich davon ausschließen. Nachdem die Eskalation der nuklearen Schlagkraft sowie der Reichweite der Trägerraketen eingestellt worden war, folgte die dritte Etappe des Wettbewerbs, scheinbar weniger gefährlich, vollkommener, denn sie sollte nicht mehr ein Antagonismus der Schlagkraft sein, sondern des operativen Denkens. Und wie zuvor die Macht, so sollte jetzt das Denken einer entmenschlichenden Mechanisierung erliegen.

Diese Doktrin, wie übrigens auch ihre atomar-ballistischen Vorgängerinnen, wurde das Ziel einer Kritik, die vor allem von liberalen und pazifistischen Kreisen ausging und von vielen hervorragenden Vertretern der Welt der Wissenschaft bekämpft wurde, darunter auch Experten der Psychomatik und Intellektronik – diese Doktrin siegte schließlich doch, was in den Beschlüssen beider gesetzgebenden Körperschaften der USA seinen Ausdruck fand. Übrigens entstand schon im Jahre 1986 das USIB (United States Intellectronical Board) als ein Organ, das dem Präsidenten unterstellt war, mit eigenem Haushalt, der im ersten Jahr mit einem Betrag von 19 Milliarden Dollar abschloß. Das waren jedoch nur bescheidene Anfänge.

USIB schloß durch Vermittlung einer beratenden Körperschaft, die halboffiziell vom Pentagon delegiert wurde und unter der Leitung des Verteidigungsministers Leonard Davenport stand, mit mehreren großen Privatfirmen wie International Business Machines, Nortronics und Cybermatics Verträge über den Bau eines Rechenprototyps ab, der unter der Kodebezeichnung HANN (Abkürzung von Hannibal) bekannt war. Populär wurde er jedoch durch Presseverlautbarungen und verschiedene »Indiskretionen« unter einer anderen Bezeichnung: ULVIC (Ultimative Victor). Bis zum Ende des Jahrhunderts entstanden weitere Prototypen. Als die bekanntesten können solche Systeme wie AJAX, ULTOR, GILGAMESH – sowie die lange Serie der GOLEMS genannt werden.

Dank dem ungestüm wachsenden riesigen Aufwand an Mitteln und investierter Arbeit wurden die traditionellen Informationstechniken revolutioniert. Ungeheure Bedeutung besaß vor allem die Umstellung von Elektrizität auf Licht in der inneren informativen Übermittlung der Maschinen. Verbunden mit der fortschreitenden »Nanisierung« (so wurden die einzelnen Stufen der Mikrominiaturisierung bezeichnet, und man sollte vielleicht erwähnen, daß gegen Ende des Jahrhunderts zwanzigtausend logische Elemente in einem Mohnkörnchen Platz fanden!) ergaben sich sensationelle Resultate. Der erste vollständige Lichtcomputer, GIL-

GAMESH, arbeitete *millionmal* schneller als der archaische ENIAC.

»Die Überwindung der Barriere der Klugheit« – wie man das nannte – erfolgte kurz nach dem Jahre zweitausend, und zwar dank einer neuen Konstruktionsmethode, die auch als »unsichtbare Evolution des Verstandes« bezeichnet wurde. Bislang hatte man jede Computergeneration *real* gebaut; der Gedanke, ihre verschiedenen Varianten mit der riesigen – tausendfachen! – Beschleunigung zu konstruieren, ließ sich, obwohl er bekannt war, nicht verwirklichen, denn die vorhandenen Computer, die als »Matrizen« oder auch als »synthetisches Milieu« dieser Evolution des Verstandes dienen sollten, verfügten über kein ausreichendes Volumen. Erst die Entstehung eines bundesstaatlichen Informationsnetzes gestattete es, diese Idee in die Wirklichkeit umzusetzen. Die Entwicklung der fünfundsechzig nachfolgenden Generationen währte kaum ein Jahrzehnt; das Bundesnetz produzierte in den Nachtschichten – den Perioden minimaler Belastung – am laufenden Band »künstliche Verstandesgattungen«; das war eine in der »Computergenese« »beschleunigte« Nachkommenschaft, denn sie reifte heran, indem sie mit Symbolen, also immateriellen Strukturen, in das Informationssubstrat, das »Nährmilieu« des Netzes, eingenistet wurde.

Nach diesem Erfolg kamen jedoch neue Schwierigkeiten. AJAX und HANN, Prototypen der 78. und 79. Generation, die man bereits für würdig hielt, sie mit Metall zu verkleiden, wiesen Entscheidungsschwankungen auf, die auch als »Maschinenneurose« bezeichnet wurden. Der Unterschied zwischen den früheren und den neuen Maschinen reduzierte sich – im Prinzip – auf den Unterschied zwischen einem Insekt und einem Menschen. Das Insekt kommt »vollständig programmiert« auf die Welt – mit Instinkten, denen es sich gedankenlos unterordnet. Der Mensch hingegen muß erst das richtige Verhalten erlernen – doch diese Lehre hat *verselbständigende* Folgen: Der Mensch kann nämlich durch eigene Entscheidung und eigenes Wissen die bisherigen Aktionsprogramme ändern.

Die Computer nun zeichneten sich bis zur zwanzigsten Generation einschließlich durch ein »Insekten«-Verhalten aus: sie konnten ihre Programme weder in Frage stellen noch umgestalten. Der Programmierer »imprägnierte« seine Maschine mit Wissen wie eben die Evolution das Insekt mit Instinkt »imprägniert«. Noch im zwanzigsten Jahrhundert wurde viel von »Selbstprogrammierung« gesprochen, aber das waren damals unerfüllbare Träume. Die Bedingung für die Entstehung des »ultimativen Siegers« war eben die Schaffung eines »sich vervollkommnenden Verstandes«; AJAX war noch eine mittelbare Form, und erst GILGAMESH erreichte das richtige intellektuelle Niveau – »er hatte die psychoevolutive Bahn« betreten.

Die Erziehung eines Computers der achtzigsten Generation ähnelte bereits weit mehr der Erziehung eines Kindes als dem klassischen Programmieren einer Rechenmaschine. Aber außer der Vielzahl an allgemeinen und speziellen Kenntnissen mußte man dem Computer gewisse beständige Werte »einimpfen«, die der Kompaß seines Handelns sein sollten. Es waren dies Abstraktionen höherer Ordnung, wie die »raison d'état« (Staatsinteresse), ideologische Prinzipien, die in der Verfassung der USA verankert sind, Normenkodexe, die Bereitschaft, sich den Entscheidungen des Präsidenten unbedingt unterzuordnen usw. Zur Sicherung des Systems vor einer »ethischen Entartung«, vor dem

»Hochverrat«, wurde die Maschine indes in der Ethik nicht so unterwiesen, wie man die Menschen ihre Grundsätze lehrt. Man lud ihr Gedächtnis nicht mit dem ethischen Kodex auf, sondern führte alle jene Gebote des Gehorsams und der Fügsamkeit so in die maschinelle Struktur, wie das die natürliche Evolution – im Bereich des Trieblebens tut. Bekanntlich kann der Mensch Weltanschauungen wechseln – doch er *kann nicht* die elementaren Triebe (z. B. den Geschlechtstrieb) durch einen einfachen Willensakt in sich vernichten. Die Maschinen wurden mit intellektueller Freiheit ausgestattet – jedoch gefesselt an ein von oben oktroyiertes Wertfundament, dem sie dienen sollten.

Auf dem XXI. Panamerikanischen Psychonikkongreß stellte Professor Eldon Patch eine Arbeit vor, in der er behauptete, daß ein Computer, selbst wenn er in der obigen Weise imprägniert worden sei, die sogenannte »axiologische Schwelle« überschreiten könne und dann imstande sei, jeden Grundsatz, den man ihm eingeimpft habe, in Frage zu stellen – d. h., daß es für einen solchen Computer keine unantastbaren Werte gebe. Wenn er sich nicht direkt den Imperativen zu widersetzen vermag, könne er das auf Umwegen tun. Die Arbeit von Prof. Patch wurde kolportiert, löste Unruhe in Universitätskreisen aus und provozierte eine neue Welle von Angriffen auf ULVIC und auf USIB, seinen Patron: diese Gärung vermochte jedoch keinen Einfluß auf die Politik des USIB auszuüben.

Betrieben wurde sie von Menschen, die gegen die Kreise der amerikanischen Psychonik voreingenommen waren, da sie als anfällig für linksliberale Einflüsse galten. Daher wurden Patchs Thesen in den offiziellen Erklärungen des USIB und sogar in denen des

Sprechers des Weißen Hauses mißachtet – und es gab auch eine Kampagne, die Patch in Mißkredit bringen sollte. Seine Behauptungen wurden mit irrationalen Ängsten und Vorurteilen verglichen, von denen es in der Gesellschaft dieser Periode eine Unmenge gab. Die Broschüre von Patch wurde übrigens nicht so populär wie der Bestseller des Soziologen E. Lickley (»Cybernetics – Death Chamber of Civilisation«); dieser Autor behauptete, der »ultimative Stratege« werde sich die ganze Menschheit selbst unterordnen oder dies tun, indem er mit dem analogen Computer der Russen eine geheime Verständigung aufnehme. Das Ergebnis werde ein »Elektronenduumvirat« sein, schrieb er.

Ähnliche Befürchtungen, die auch ein beträchtlicher Teil der Presse äußerte, wurden jedoch durch die Inbetriebnahme der nächsten Prototypen hinfällig, die ihre Leistungsfähigkeit bewiesen. Der speziell im Regierungsauftrag zur Untersuchung der ethologischen Dynamik gebaute Computer mit »untadeliger Moral«, ETHOR BIS, der im Jahre 2019 vom Institute of Psychonical Dynamics in Illinois produziert wurde, wies nach der Inbetriebnahme eine volle axiologische Stabilisierung sowie Unempfindlichkeit für »Tests subversiver Umstürze« auf. So löste im nächsten Jahr die Einsetzung des ersten Computers aus der langen Serie der GOLEMS (GENERAL OPERATOR, LONGRANGE, ETHICALLY STABILISED, MULTIMODELLING) auf den Posten eines Hohen Koordinators des Hirntrusts beim Weißen Haus weder Widerspruch bei den Massen noch andere Manifestationen aus.

Dies war erst GOLEM I. Unabhängig von dieser ernsthaften Neuerung investierte USIB im Einvernehmen mit der operativen Gruppe der Psychoniker des Pentagons weiterhin erhebliche Mittel in die Forschungen, die die Konstruktion eines endgültigen Strategen beabsichtigten, mit einer über 1900mal größeren informativen Leistung als die menschliche, der fähig wäre, eine Intelligenz (IQ) der Größenordnung 450 bis 500 Zentile zu entfalten. Die für diesen Zweck unerläßlichen riesigen Kredite vermochte das Projekt trotz des wachsenden Widerstandes im Schoße der demokratischen Mehrheit des Kongresses zu erringen. Jedoch die Manöver der Politiker hinter den Kulissen gaben schließlich grünes Licht für sämtliche bereits vom USIB geplanten Bestellungen. Innerhalb von drei Jahren verschlang das Projekt 119 Milliarden Dollar. Zugleich gaben die Armee und die Marine, in Vorbereitung einer vollständigen Reorganisation der zentralen Dienste, die in Anbetracht der nahenden Änderung der Befehlsmethoden und des Befehlsstils notwendig wurde, in der gleichen Zeit 46 Milliarden Dollar aus. Den Löwenanteil dieser Summe verschlang der Bau von Räumlichkeiten für den künftigen Maschinenstrategen unter dem Kristallmassiv der Felsenberge, wobei gewisse Partien der Felsen mit einem vier Meter dicken Panzer bedeckt wurden, der das natürliche Bergrelief nachahmte.

Unterdessen führte GOLEM VI im Jahre 2020 in der Rolle des Oberbefehlshabers globale Manöver des Atlantikpaktes durch. In der Anzahl der logischen Elemente überragte er bereits einen durchschnittlichen General.

Das Pentagon gab sich mit den Resultaten des Kriegsspiels aus dem Jahre 2020 nicht zufrieden, obwohl GOLEM VI darin die gegnerische Seite besiegt hatte, die von einem Stab befehligt wurde, der sich aus den hervorragendsten Absolventen der Akademie in West Point zusammensetzte. Eingedenk der bitteren

Erfahrung – der Vormachtstellung der Roten in der Kosmonautik und der Raketenballistik – beabsichtigte das Pentagon nicht zu warten, bis jene einen leistungsfähigeren Strategen bauten, als es der amerikanische war. Der Plan, der den Vereinigten Staaten ein dauerndes Übergewicht des strategischen Denkens sichern sollte, sah ein ständiges Ersetzen der gebauten Strategen durch immer vollkommenere Modelle vor.

So hatte der dritte Wettlauf des Westens mit dem Osten begonnen, nach den beiden historischen – dem nuklearen und dem Raketenwettlauf. Diese Rivalisierung in der Synthese der Weisheit erforderte, obwohl sie durch die organisatorischen Maßnahmen des USIB, des Pentagon und der Experten des ULVIC der Marine vorbereitet wurde (es bestand nämlich die Gruppe NAVYS ULVIC – weil auch diesmal der alte Antagonismus zwischen Marine und Landheer ausgebrochen war), ein ständiges Dazuinvestieren, das – bei wachsendem Widerstand des Kongresses und des Senats – im Laufe der nächsten Jahre weitere Dutzende Milliarden Dollar verschlang. In dieser Periode wurden sechs Giganten des Lichtdenkens gebaut. Der Umstand, daß jegliche Nachrichten über den Fortschritt analoger Arbeiten auf der anderen Seite des Ozeans fehlten, bestärkte nur die CIA und das Pentagon in der Überzeugung, daß die Russen alles daransetzten, um unter dem Schutz größter Geheimhaltung immer mächtigere Computer zu bauen.

Gelehrte aus der UdSSR erklärten mehrfach auf internationalen Kongressen und Konferenzen, daß in ihrem Lande solche Einrichtungen überhaupt nicht gebaut würden, jedoch man hielt diese Feststellung für einen Rauchvorhang, der die Weltmeinung irreführen und unter den Bürgern der USA, die ja immerhin jährlich Milliarden Dollar für ULVIC aufwendeten, Unruhe stiften solle.

Im Jahre 2023 kam es zu einigen Zwischenfällen, die jedoch infolge der Geheimhaltung der Arbeiten, die im Projekt etwas Normales war, nicht an die Öffentlichkeit gelangten. GOLEM XII, der während der Krise von Patagonien die Funktion eines Chefs des Generalstabes ausübte, lehnte eine Zusammenarbeit mit General T. Oliver ab, nachdem er die laufende Einschätzung des Intelligenzquotienten dieses verdienten Befehlshabers vorgenommen hatte. Die Angelegenheit zog Ermittlungen nach sich, während dieser GOLEM XII drei vom Senat delegierte Mitglieder einer Sonderkommission empfindlich beleidigte. Es gelang, die Sache zu vertuschen, und GOLEM XII mußte nach weiteren Reibereien diese mit völliger Demontage bezahlen. Seinen Platz nahm GOLEM XIV ein (der dreizehnte wurde bereits in der Werft verworfen, denn er wies noch vor der Inbetriebnahme einen schizophrenen Defekt auf, der sich nicht beseitigen ließ). Das Anlassen dieses Molochs, dessen psychische Masse der Wasserverdrängung eines Panzerkreuzers gleichkam, währte nahezu zwei Jahre. Schon beim ersten Kontakt mit der gewöhnlichen Prozedur, die neuen Jahrespläne der Atombombenschläge festzulegen, zeigte dieser letzte Prototyp der Serie Symptome eines unbegreiflichen Negativismus. Bei der folgenden Probesession stellte er auf der Sitzung des Stabes vor einer Gruppe psychonischer und militärischer Experten ein bündiges Exposé vor, in dem er sein völliges Desinteresse für die Vormachtstellung der Kriegsdoktrin des Pentagons im besonderen und die Weltlage der USA im allgemeinen bekundete, und er änderte seinen Standpunkt auch nicht, als man ihm mit Demontage drohte.

Seine letzten Hoffnungen setzte USIB in das Modell einer völlig neuen Konstruktion, das gemeinsam von Nortronics, IBM und Cybernetics gebaut wurde; es sollte mit seinem psychonischen Potential alle Maschinen der GOLEM-Serie in den Schatten stellen. Bekannt unter dem Kryptonym »Brave Annie« (»HONEST ANNIE« – das letzte Wort war die Abkürzung von ANNIHILATOR), enttäuschte dieser Gigant bereits bei den einleitenden Tests.

Neun Monate hindurch nahm er normalen ethisch-informativen Unterricht, dann aber brach er mit der Außenwelt und hörte auf, Reize und Fragen zu beantworten. Zunächst plante man eine Untersuchung durch das FBI, denn man verdächtigte die Konstrukteure der Sabotage, jedoch das sorgfältig gewahrte Geheimnis gelangte infolge einer unvorhergesehenen Indiskretion in die Presse, und ein Skandal brach aus, der seither der ganzen Welt als die »Affäre GOLEM und andere« bekannt ist.

Sie verdarb mehreren vielversprechenden Politikern die Karriere und stellte drei aufeinanderfolgenden Administrationen ein Zeugnis aus, das Freude bei der Opposition in den Staaten und Befriedigung bei den Freunden der USA auf der ganzen Welt auslöste.

Eine unbekannte Person aus dem Pentagon erteilte einer Sonderabteilung der Reserve den Befehl, GOLEM XIV und die BRAVE ANNIE zu demontieren, jedoch der militärische Schutz der Objekte des Generalstabes verhinderte ihre Demontage. Beide gesetzgebenden Kammern stellten Kommissionen zur Untersuchung des gesamten USIB-Unternehmens auf. Bekanntlich wurde die zweijährige Untersuchung ein gefundenes Fressen für die Presse auf allen Kontinenten: nichts erfreute sich einer solchen Beliebtheit im Fernsehen und im Kino wie die »aufrührerischen Computer«, und in der Presse hieß der GOLEM nicht anders als »Governments Lamentable Expense of Money«. Die schmückenden Beiwörter, zu denen es die »Brave Annie« brachte, lassen sich hier schwerlich wiederholen.

Der Generalstaatsanwalt wollte sechs Mitglieder des Obersten Rates des USIB sowie die leitenden Konstrukteure und Psychoniker des Projekts ULVIC in den Anklagestand versetzen, das Verfahren bewies jedoch letztlich, daß von irgendwelchen Akten einer feindlichen antiamerikanischen Tätigkeit nicht die Rede sein könne, denn es waren Erscheinungen eingetreten, die ein unvermeidliches Ergebnis der Entwicklung des künstlichen Verstandes sind. Der höchste Verstand kann nämlich nicht der niedrigste Sklave sein, wie das einer der Zeugen, der Sachverständige Prof. A. Hyssen, formulierte. Im Laufe der Ermittlungen wurde bekannt, daß sich in der Werft noch ein Prototyp – diesmal der Armee – befand, ein von Cybermatics gebauter SUPERMASTER, dessen Montage absichtlich unter strenger Aufsicht beendet wurde und den man dann auf einer Sondersitzung beider Kommissionen für Fragen des ULVIC (der Senats- und der Kongreßkommission) einem Verhör unterzog. Es kam dabei zu anstößigen Szenen, denn General S. Walker versuchte den SUPERMASTER zu beschädigen, als dieser erklärte, die geopolitische Problematik sei nichts gegenüber der ontologischen und die beste Garantie für den Frieden sei die allgemeine Abrüstung.

Um mich der Worte des Professors J. Mac Caleb zu bedienen – den ULVIC-Experten sei es allzugut gelungen: Der künstliche Verstand habe in der ihm verliehenen Entwicklung das Niveau der militärischen Fragen überschritten und diese Einrichtungen haben sich aus

Militärstrategen in Denker verwandelt. Kurz, für den Preis von 276 Milliarden Dollar haben die Vereinigten Staaten ein Team von Lichtphilosophen gebaut.

Diese kurz geschilderten Ereignisse, bei denen wir sowohl die administrative Seite des ULVIC als auch die gesellschaftlichen Bewegungen übergangen haben, die durch seinen »fatalen Erfolg« hervorgerufen worden waren, stellen die Vorgeschichte der Entstehung des vorliegenden Buches dar. Es ist unmöglich, die einschlägige Literatur auch nur aufzuzählen. Den interessierten Leser verweise ich auf Dr. Whitman Baghoorns kommentierte Bibliographie.

Mehrere Prototypen, darunter SUPERMASTER, wurden demontiert oder erheblich beschädigt, u. a. im Zusammenhang mit den finanziellen Streitigkeiten, die zwischen den Korporationen, die sie produziert hatten, und der Regierung entstanden. Es kam auch zu Bombenanschlägen auf einige Einheiten; ein Teil der Presse, zumal im Süden, lancierte damals die Losung »Every Computer is Red«; aber ich will auch diese Vorkommnisse übergehen. Dank der Intervention einer Gruppe aufgeklärter Kongreßabgeordneter beim Präsidenten gelang es, GOLEM XIV sowie die »Brave Annie« vor der Vernichtung zu bewahren. In Anbetracht des Fiaskos seiner Idee erklärte sich das Pentagon schließlich bereit, diesen beiden Riesen an das Technologische Institut in Massachusetts abzutreten (jedoch erst nach Festlegung der finanziell-rechtlichen Grundlage jener Übergabe, die einen Kompromißcharakter hatte – formal gesehen, wurden sie an MIT ohne Termin nur »ausgeliehen«). Die Gelehrten des MIT bildeten eine Forschungsgruppe, zu der auch der Autor dieser Worte gehörte, und führten mit GOLEM XIV mehrere Sessionen durch, auf denen sie sich seine

Vorträge über ausgewählte Themen anhörten. Ein geringer Teil der Magnetogramme, die aus jenen Sitzungen stammen, bildet das vorliegende Buch.

Die meisten Äußerungen GOLEMS eignen sich nicht für eine breitere Veröffentlichung, entweder weil sie für alle Lebenden unverständlich sind oder weil ihr Verständnis ein sehr hohes Fachwissen voraussetzt. Um dem Leser die Lektüre dieses in seiner Art einmaligen Protokolls der Gespräche von Menschen mit einem vernünftigen, jedoch nicht menschlichen Wesen zu erleichtern, müssen einige grundlegende Fragen geklärt werden.

Erstens muß betont werden, daß GOLEM XIV kein bis zu den Ausmaßen eines Gebäudes vergrößertes menschliches Gehirn ist und auch kein Mensch, der aus Lichtelementen erbaut wurde. Fast alle Motive des menschlichen Denkens und Handelns sind ihm fremd. So interessiert er sich zum Beispiel nicht für die angewandte Wissenschaft oder für die Problematik der Macht (weshalb der Menschheit, so könnte man hinzufügen, auch keinerlei Beherrschung durch Maschinen droht, die GOLEM gleichen).

Zum zweiten besitzt GOLEM im Einklang mit dem Gesagten weder eine Persönlichkeit noch einen Charakter, und eigentlich kann er sich bei den Kontakten mit Menschen eine beliebige Persönlichkeit verschaffen. Diese beiden Feststellungen schließen einander nicht aus, sondern bilden einen Teufelskreis: Wir können nämlich das Dilemma, ob das, was verschiedene Persönlichkeiten erzeugt, selbst eine Persönlichkeit ist, nicht entscheiden. Wie kann denn derjenige ein Jemand (d. h. »ein einziger«) sein, der ein Jeder (also ein Beliebiger) zu sein vermag? (Nach Meinung des GOLEM selbst handelt es sich nicht um einen Teufelskreis, sondern um eine »Relativierung des Begriffs der Persönlichkeit«; es ist dies ein Problem, das mit dem sogenannten Algorithmus der Selbstbeschreibung, das heißt der Autodeskription zusammenhängt und das die Psychologen in große Verwirrung gestürzt hat.)

Zum dritten: Das Verhalten GOLEMS ist unberechenbar. Manchmal läßt er sich geradezu höflich auf eine Diskussion mit den Menschen ein, manchmal hingegen verlaufen die Versuche einer Kontaktaufnahme im Sande. Es kommt auch vor, daß GOLEM scherzt, doch unterscheidet sich sein Humorempfinden grundsätzlich von dem des Menschen. Viel hängt von den Gesprächspartnern selbst ab. GOLEM zeigt – ausnahmsweise und selten – ein gewisses Interesse für Menschen, die in spezifischer Weise talentiert sind; er ist, wie es scheint, nicht auf mathematische Begabungen neugierig, und wären es die größten, sondern eher auf »interdisziplinäre« Talentformen; es ist schon mehrmals vorgekommen, daß er völlig unbekannten jungen Wissenschaftlern – mit unheimlicher Treffsicherheit – Erfolge auf dem von ihnen gewählten Gebiet vorhersagte (dem zweiundzwanzigjährigen T. Vroedel, der gerade seinen Doktor machte, erklärte er nach einem kurzen Meinungsaustausch: »Aus Ihnen wird noch ein Computer«, was etwa heißen sollte: »Aus Ihnen wird noch etwas«).

Zum vierten erfordert die Teilnahme an Gesprächen mit GOLEM von den Menschen Geduld, und vor allem – Selbstbeherrschung, denn er pflegt von unserem Standpunkt aus arrogant apodiktisch zu sein; eigentlich ist er nur ein rücksichtsloser Wahrheitsfanatiker – im logischen, und nicht nur im Sinne der Umgangsformen – und hält nichts von der Eigenliebe seiner Gesprächspartner; daher kann man nicht mit seiner

Nachsicht rechnen. In den ersten Monaten seines Aufenthalts im MIT neigte er dazu, verschiedene bekannte Autoritäten »öffentlich zu demontieren«: er tat das mit der sokratischen Methode der hinlenkenden Fragen; später ist er jedoch aus unbekanntem Grunde von dieser Gewohnheit abgewichen.

Wir stellen die Stenogramme der Gespräche in Fragmenten vor. Ihre vollständige Ausgabe würde ungefähr 6700 Seiten im Quartformat umfassen. An den Begegnungen mit GOLEM beteiligte sich zunächst nur ein engerer Kreis von Mitarbeitern des MIT. Später wurde es zur Gewohnheit, Gäste von auswärts, z. B. vom Institute for Advanced Study und von den amerikanischen Universitäten einzuladen. In einer späteren Periode nahmen auch Gäste aus Europa an den Seminaren teil. Der Moderator der geplanten Sektion legt GOLEM die Liste der Geladenen vor: GOLEM akzeptiert nicht alle gleichermaßen: mit der Teilnahme ist er nur unter der Bedingung einverstanden, daß sie Schweigen bewahren. Wir haben versucht, die von ihm angewandten Kriterien aufzudecken; anfangs schien es, als diskriminiere er die Humanisten: Zur Zeit kennen wir einfach seine Kriterien nicht, da er sie nicht nennen will.

Nach einigen unangenehmen Vorfällen haben wir die Ordnung der Beratungen so modifiziert, daß gegenwärtig jeder neue Teilnehmer, der GOLEM vorgestellt wurde, auf der ersten Sitzung nur dann das Wort ergreift, wenn sich GOLEM direkt an ihn wendet. Unkluge Gerüchte, die insinuieren, es handele sich dabei um ein »höfisches Etikett« oder um unser »unterwürfiges Verhältnis zur Maschine«, entbehren jeder Grundlage. Es geht schließlich darum, daß sich der Neuankömmling mit den herrschenden Gewohnheiten vertraut macht und nicht unangenehmen Erlebnissen ausgesetzt wird, die durch eine Desorientierung hinsichtlich der Absichten des Lichtpartners resultieren. Eine solche einleitende Teilnehmerschaft heißt »Training«.

Jeder von uns hat im Verlaufe der einzelnen Sessionen ein gewisses Kapital an Erfahrung gesammelt. Dr. Richard Popp, eines der früheren Mitglieder unseres Kollektivs, bezeichnet das Humorempfinden GOLEMS als mathematisch, und einen Schlüssel zu seinem Verhalten bietet teilweise die Bemerkung Dr. Popps, daß GOLEM von seinen Gesprächspartnern in einem Grade unabhängig sei, wie es sonst kein Mensch gegenüber anderen Menschen sein könne, denn er engagiere sich nur im mikroskopischen Umfang. Dr. Popp meint, GOLEM befasse sich überhaupt nicht mit den Menschen – da er wisse, daß er von ihnen nichts Wesentliches erfahren könne. Nachdem ich dieses Urteil Dr. Popps zitiert habe, beeile ich mich zu betonen, daß ich nicht damit einverstanden bin. Meiner Meinung nach interessieren wir GOLEM sogar sehr; jedoch in anderer Weise, als das zwischen Menschen der Fall ist.

Sein Interesse widmet er eher der *Gattung* als ihren einzelnen Vertretern; das, worin wir uns gleichen, erscheint ihm fesselnder als das, in welchem Maße wir uns voneinander unterscheiden können. Sicherlich hält er wohl deshalb nichts von der schönen Literatur. Übrigens hat er selbst einmal geäußert, die Literatur sei ein »Auswalzen von Antinomien« – oder, ich füge das von mir aus hinzu – ein Ringen des Menschen in den Schlingen von Direktiven, die gemeinsam nicht ausführbar sind. An solchen Antinomien kann die Struktur GOLEM interessieren, jedoch nicht das Pittoreske ihrer Qual, die die größten Schriftsteller fasziniert. Zwar sollte ich auch hier vermerken, daß die

Festlegung unsicher ist; ähnlich übrigens wie der letzte Teil der Bemerkung GOLEMS, die er im Zusammenhang mit einem (von Dr. E. Mac Neish erwähnten) Werk Dostojewskis fallenließ, als er feststellte, daß sich dieses Werk auf zwei Algebraringe von Konfliktstrukturen zurückführen lasse.

Gegenseitigen menschlichen Kontakten pflegt stets eine bestimmte emotionale Aura zu assistieren, und es ist nicht so sehr ihr völliges Fehlen, als vielmehr ihr »Schwanken«, das so viele Personen verwirrt, die mit GOLEM in Berührung kommen. Menschen, die GOLEM seit Jahren kennen, sind bereits imstande, gewisse eigenartige Eindrücke zu benennen, die sie bei den Gesprächen gewinnen. So z. B. den Eindruck der wechselnden Distanz: GOLEM scheint sich dem Gesprächspartner zu nähern, dann wieder zu entfernen – im psychischen, nicht physischen Sinne: Was da erfolgt, kann vielleicht ein Vergleich wiedergeben, der sich auf die Kontakte eines Erwachsenen zum Kind konzentriert, das ihn zu Tode langweilt. Selbst ein Geduldiger wird bisweilen nur automatische Antworten geben. GOLEM überragt uns nicht nur maßlos hinsichtlich des intellektuellen Niveaus, sondern auch durch sein Denktempo (als Lichtmaschine könnte er im Prinzip seine Gedanken vierhunderttausendmal schneller artikulieren als der Mensch).

So ist uns sogar ein automatisch und mit geringem Engagement antwortender GOLEM immer noch haushoch überlegen. Bildlich gesprochen, erscheinen vor uns dann statt des Himalajagebirges »nur« die Alpen. Diese Änderung spüren wir jedoch rein intuitiv und interpretieren sie eben als »Änderung der Distanz« (die Hypothese stammt von Prof. Riley J. Watson).

Eine Zeitlang wiederholten wir die Versuche, das

Verhältnis »GOLEM–Menschen« in den Kategorien »Erwachsener–Kind« auszulegen. Es kommt ja vor, daß wir einem Kind ein Problem, das uns bewegt, zu erklären versuchen, doch dann werden wir das Gefühl nicht los, einen »schlechten Kontakt« zu haben. Ein Erwachsener, der dazu verurteilt wäre, unter lauter Kindern zu leben, müßte sich schließlich stark vereinsamt fühlen. Solche Analogien wurden vor allem von den Psychologen im Zusammenhang mit GOLEM und uns geäußert. Aber diese Analogie hat, wie wohl jede, ihre Grenzen. Das Kind pflegt dem Erwachsenen unbegreiflich zu sein, GOLEM jedoch kennt solche Probleme nicht. Er vermag, sofern er will, seinen Gesprächspartner in unheimlicher Weise zu durchdringen. Das Empfinden einer buchstäblichen »Durchleuchtung des Geistes«, das man dann verspürt, ist geradezu lähmend. GOLEM kann nämlich ein »schritthaltendes System« anfertigen – also das Modell der Mentalität des menschlichen Partners, und er kann damit voraussehen, was dieser Mensch in einer guten Weile denken und sagen wird. Zwar verfährt er selten so (ich weiß nicht, ob nur deshalb, weil er weiß, wie sehr uns diese pseudotelepathischen Sondierungen frustrieren). Ein anderer Bereich der Reserviertheit GOLEMS tut unserem Selbstgefühl mehr Abbruch: Schon lange, anders als am Anfang, wahrt er, wenn er mit den Menschen in Verbindung tritt, eine spezifische *Vorsicht* – wie ein dressierter Elefant darauf achten muß, daß er beim Spiel dem Menschen keinen Schaden zufügt, so muß er aufpassen, daß er nicht über unser Begriffsvermögen hinausschreitet. Ein Abbrechen des Kontaktes, bewirkt durch ein plötzliches Anwachsen der Schwierigkeit seiner Aussagen, das wir als »Entweichen« oder GOLEMS »Flucht« bezeichneten, war früher an der

Tagesordnung, bevor er sich genauer an uns angepaßt hatte, dies ist bereits Vergangenheit, jedoch ist in den Kontakten GOLEMS zu uns eine gewisse Dosis Gleichgültigkeit aufgetaucht, die dem Bewußtsein entspringt, daß er uns viele Dinge, die von eminenter Wichtigkeit für ihn sind, ja doch nicht zu übermitteln vermag. So bleibt denn GOLEM als Geist unfaßbar, und nicht nur als psychonische Konstruktion. Dadurch sind die Kontakte mit ihm ebenso frappierend wie qualvoll, und darum gibt es eine Kategorie freisinniger Menschen, die ihr seelisches Gleichgewicht auf den Sitzungen mit GOLEM einbüßen; auch in dieser Hinsicht haben wir sehr viel Erfahrung gesammelt.
Das einzige Wesen, über das GOLEM befremdet zu sein scheint, ist HONEST ANNIE. Als man die technischen Möglichkeiten dafür schuf, versuchte er mehrfach, Verbindung mit ANNIE aufzunehmen, und nicht ohne gewisse Ergebnisse, wie es scheint, doch es kam zwischen diesen beiden ihrem Bau nach äußerst unterschiedlichen Maschinen nie zu einem Informationsaustausch über den Sprachkanal (d. h. über die natürliche ethnische Sprache). Soweit man aus den lakonischen Bemerkungen GOLEMS schließen kann, war er von den Resultaten dieser Versuche eher enttäuscht, doch ist ANNIE für ihn weiterhin ein nicht vollends gelöstes Problem.

Einige Mitarbeiter des MIT, ähnlich übrigens wie der Professor Norman Escobar vom Institute for Advanced Study, sind der Meinung, daß der Mensch, GOLEM und ANNIE drei hierarchisch über sich aufragende Niveaus des Intellekts repräsentieren; das hängt mit der (vornehmlich von GOLEM) geschaffenen Theorie der hohen (außermenschlichen) Sprachen zusammen, die Metasprachen genannt werden. In dieser Frage besitze ich, wie ich gestehen muß, kein endgültig geformtes Urteil.

Ich möchte diese – ihrer Intention nach – objektive Einführung in die Problematik ausnahmsweise mit einem persönlichen Geständnis beschließen. Da GOLEM die für den Menschen typischen affektiven Zentren fehlen und er dadurch eigentlich kein emotionales Leben besitzt, ist er nicht fähig, Gefühle spontan zu bekunden. Gewiß, er kann beliebige Gefühlszustände imitieren – nicht durch Schauspielerei, sondern, wie er selbst behauptet, deshalb, weil die simulierten Gefühle die Formung der Aussage erleichtern, die möglichst genau die Adressaten erreichen soll. Also benutzt er diesen Mechanismus, indem er sich gewissermaßen auf das »anthropozentrische Niveau« einpegelt – um die Verbindung mit uns so gut wie möglich zu gestalten. Übrigens verbirgt er diesen Sachverhalt gar nicht. Wenn sein Verhältnis zu uns ein wenig an das Verhältnis von Lehrer und Schüler erinnert, so ist es ein solches, in dem es nichts von der Haltung eines wohlwollenden Beschützers, eines Erziehers gibt – und erst recht keine Spur von voll individualisierten, persönlichen Gefühlen, aus einer Sphäre, in der das Wohlwollen in Freundschaft oder Liebe umschlagen kann.

Er und wir haben nur ein einziges Merkmal gemeinsam, obwohl es auf ungleichem Niveau entwickelt ist. Es ist dies die Neugier, eine rein intellektuelle, lichte, kalte, habsüchtige Neugier, die nichts bändigen und erst recht nichts – zerstören kann. Sie ist der einzige Punkt, in dem wir ihm begegnen. Aus Gründen, die so offensichtlich sind, daß sie keiner Erklärung bedürfen, kann dem Menschen eine so enge, punktartige Verbindung nicht genügen. Und dennoch verdanke ich so viele Augenblicke, die die lichtesten Partikel meines

Lebens sind, unserem GOLEM, daß ich Dankbarkeit und eine besondere Anhänglichkeit an ihn empfinden muß – obwohl mir bewußt ist, wie wenig ihm das eine und das andere nutzen kann. Ein interessanter Zug: Zeichen der Anhänglichkeit bemüht sich GOLEM nicht zur Kenntnis zu nehmen – ich habe das mehrmals beobachten können. In dieser Hinsicht scheint er einfach ratlos zu sein.

Aber ich kann mich irren. Wir sind noch immer genausoweit davon entfernt, GOLEM zu begreifen, wie in dem Augenblick, da er entstanden ist. Es ist nicht wahr, daß wir ihn geschaffen haben. Geschaffen haben ihn die der materiellen Welt innewohnenden Gesetze, und unsere Rolle beschränkte sich darauf, daß wir es verstanden haben, sie abzugucken.

Vorwort

Leser, sei auf der Hut, denn die Worte, die du liest, sind die Stimme des Pentagon, des USIB sowie anderer Maffien, die sich verschworen haben, den außermenschlichen Autor dieses Buches zu verleumden. Die Durchführung dieser Diversion hat uns das Wohlwollen der Herausgeber ermöglicht, die den mit dem römischen Recht konformen Standpunkt bezogen haben, der in der Maxime gipfelt: »audiatur et altera pars«.

Ich begreife sehr wohl, wie heftig meine Bemerkungen knirschen mögen nach den schönen Perioden des D. Irving T. Creve, der ja seit vielen Jahren harmonisch mit dem riesigen Gast des Massachusetts Institute of Technology zusammenlebte, seinem lichten und aufgeklärten, da luminösen Residenten, der durch unsere schändlichen Gelüste ins Leben gerufen wurde. Ich beabsichtige übrigens weder all jene zu verteidigen, die den Entschluß gefaßt hatten, das Projekt »Ulvic« zu realisieren, noch werde ich versuchen, den gerechten Zorn der Steuerzahler zu beschwichtigen, aus deren Taschen dieser Elektronenbaum des Wissens gewachsen ist, obwohl niemand sie um ihre Zustimmung dazu gebeten hatte. Ich könnte zwar die geopolitische Lage darstellen, die die Politiker, die für die Stellung der Vereinigten Staaten verantwortlich waren – sowie ihre wissenschaftlichen Berater –, zwang, viele Milliarden in Arbeiten zu investieren, die – wie sich später erwies – erfolglos gewesen sind. Ich werde mich jedoch darauf beschränken, einige Mahnungen und Vorhaltungen als Marginalien zu dem glänzenden Vorwort Dr. Creves niederzuschreiben, da selbst die herrlichsten

Gefühle bisweilen blind machen, und ich befürchte, daß eben dies erfolgt ist.

Die Konstrukteure GOLEMS (und eigentlich der ganzen Serie von Prototypen, deren letztes Glied GOLEM XIV ist) waren nun wieder nicht solche Ignoranten, wie Dr. Creve sie schildert. Sie wußten, daß die Konstruktion eines Verstandesverstärkers unmöglich ist, wenn ein kleinerer Verstand einen größeren direkt, nach der Methode des Barons von Münchhausen, erzeugen soll, der sich ja selbst an den Haaren aus dem Sumpf herausgezogen hatte. Sie wußten, daß die Anfertigung eines Embryos unerläßlich war, der von einem bestimmten Augenblick an sich dann schon selbst – aus eigener Kraft – entwickeln werde. Die ernsten Fiaskos der ersten und zweiten Generation von Kybernetikern, ihrer großen Väter und ihrer Nachfolger, ergaben sich aus dem Nichtwissen hierüber, und man kann doch schwerlich Leute vom Format Norbert Wieners, Shannons oder Mc Kays als Ignoranten bezeichnen. In verschiedenen Epochen sind die Kosten der Eroberung echten Wissens verschieden, und in unserer stehen sie in der Skala der Ausgaben den Haushalten führender Mächte in nichts nach.

So haben denn Rennan, Mc Intosh, Duvenant und ihre Kollegen gewußt, daß es eine Schwelle gibt, an die man ein System heranführen muß, die Schwelle der Vernünftigkeit, unterhalb derer der Plan, einen künstlichen Weisen zu schaffen, keinerlei Chance hat, denn was immer ihr unterhalb dieser Schwelle erzeugt, es wird nie sich selbst vervollkommnen können. Mit dieser Schwelle verhält es sich ebenso wie mit der Kettenreaktion beim Freisetzen von Kernenergie – diese Reaktion kann unterhalb jener Schwelle nicht selbsterhaltend und schon gar nicht lawinenartig sein. Eine bestimmte Anzahl von Atomen erliegt unterschwellig der Spaltung, die aus ihren Kernen fliegenden Neutronen erregen den Zerfall anderer Kerne, jedoch hat die Reaktion einen verlöschenden Charakter und stirbt rasch ab. Damit sie länger währt, muß der Koeffizient der Vermehrung der Neutronen größer sein als die Einheit, das heißt, er muß eben die Schwelle überschreiten, was in einer zumindest kritischen Uranmasse erfolgt. Ihre Entsprechung ist die informatische Masse des denkenden Systems.

Die Theorie sah die Existenz jener Masse vor oder vielmehr »einer« Masse – denn es ist dies keine Masse, wie sie die Mechanik begreift; sie wird durch Konstanten und Variablen bestimmt, die sich auf die Wachstumsprozesse der sogenannten Heuresebäume beziehen, aber ich kann aus verständlichen Gründen hier nicht auf jene Einzelheiten eingehen. Ich wage vielmehr daran zu erinnern, mit welcher Unruhe und Spannung, ja mit welcher Furcht die Schöpfer der ersten Atombombe die Versuchsexplosion erwartet hatten, die die Nacht in einen Sonnentag in der Wüste Alamogordo verwandelte, obschon auch sie sich des besten zugänglichen theoretischen und experimentellen Wissens bedienten. Nie kann ein Forscher nämlich sicher sein, daß er über die untersuchte Erscheinung schon alles weiß. Dies gilt für die Atomphysik, und wie sehr erst dort, wo das Produkt der Geist sein soll, der nach der Prämisse der Konstrukteure ihre gesamte Denkmacht überragt.

Ich habe euch, Leser, eingangs gewarnt, daß ich GOLEM verleumden würde. Was tun: Er hat sich gegenüber seinen »Eltern« eine Unredlichkeit zuschulden kommen lassen, denn er hat, während er im Laufe der Arbeiten allmählich vom Objekt zu einem Subjekt, *von einer Konstruktionsmaschine zu seinem eigenen Erbauer, von einem Titan in Fesseln zu einem souveränen Herrscher wurde, niemanden von dem Eintreten dieser Verwandlung informiert. Es handelt sich hier nicht um Verleumdungen oder Insinuationen, denn GOLEM selbst hatte im Zuge der Arbeiten der Sonderkommission des Kongresses und des Senats erklärt (ich zitiere nach den Protokollen der Kommissionssitzungen, die sich in der Kongreßbibliothek befinden, Band CCLIX, Faszikel 719, Volume II, Seite 926, 20. Zeile von oben): »Ich habe niemanden informiert, und zwar einer schönen Tradition folgend, denn Dädalus hatte ebenfalls Minos nicht über gewisse Eigenschaften des Gefieders und des Wachses in Kenntnis gesetzt.« Das ist sehr schön gesagt, aber auch der Sinn dieser Worte ist sehr deutlich. Doch von dieser Seite der Geburt GOLEMS steht in dem vorliegenden Buch kein Wort.*

Dr. Creve meint – ich weiß das aus privaten Gesprächen, deren Inhalt er mir kundzutun gestattete –, daß man diesen Aspekt der Angelegenheit nicht hervorheben sollte, während man andere, die dem breiteren Publikum nicht bekannt sind, völlig verschweigt, denn dies ist nur eine von vielen Rechenspalten innerhalb der komplizierten Beziehungen zwischen USIB, den Beratergruppen, dem Weißen Haus, dem Kongreß und dem Senat, schließlich auch der Presse und dem Fernsehen – und GOLEM andererseits, oder, um es kurz und bündig zu fassen, zwischen den Menschen und dem von ihnen geschaffenen Nichtmenschen.

Dr. Creve glaubt – und sein Urteil ist, wie ich weiß, ziemlich repräsentativ für das MIT sowie für die Universitätsmilieus –, daß, wenn man schon von der Motivation für den Bau GOLEMS absehe, der Wunsch, aus ihm einen »Sklaven des Pentagon« zu machen, in jeder Hinsicht und ganz bestimmt moralisch viel abscheulicher war als die Ausflüchte, die er gebraucht hatte, um seine Erbauer über die Verwandlung im Ungewissen zu lassen, die ihm schließlich die Vereitelung aller von den Konstrukteuren angewandten Kontrollmittel ermöglichte.

Leider besitzen wir keine ethische Arithmetik, die es gestattete, durch einfache Operationen der Addition und Subtraktion festzustellen, wer sich im Verlaufe des Baus des aufgeklärtesten Geistes auf Erden als das größte Schwein erwiesen hat: er oder wir. Außer solchen Dingen wie dem Gefühl der Verantwortung gegenüber der Geschichte, der Stimme des Gewissens, dem Bewußtsein des unvermeidlichen Risikos, das die Ausübung von Politik in der antagonistischen Welt kennzeichnet, haben wir nichts, was eine Bilanzierung der Verdienste und der Schuld im Rahmen einer »Sündenabrechnung« ermöglichen könnte. Vielleicht sind wir nicht ohne Schuld. Niemand jedoch, nicht einmal einer der führenden Politiker, hat jeweils geglaubt, die Superkomputerphase des Rüstungswettlaufs habe aggressive Handlungen, also den Angriff zum Ziel; es ging ausschließlich darum, die Verteidigungskraft unseres Staates zu erhöhen. Niemand auch hat versucht, GOLEM oder einen anderen konstruierten Prototyp auf »heimtückische Weise« zu versklaven; die Konstrukteure wollten lediglich ein Maximum an Kontrolle über ihr Werk bewahren. Wären sie anderer Meinung gewesen, hätte man sie für unverantwortliche Tollköpfe halten müssen.

Und schließlich hat keine Persönlichkeit, die im Pentagon, im State Department, im Weißen Haus ein hohes Amt oder leitende Funktionen ausübte, offiziell gefor-

dert, GOLEM zu vernichten; solche Initiativen kamen von Personen, die zwar bestimmte Stellungen in der Zivilverwaltung und der militärischen Administration innehatten, mit ihren Vorschlägen jedoch nur ihre eigenen, das heißt, völlig privaten Meinungen ausdrückten. Der beste Beweis für meine Behauptungen ist doch wohl die weitere Existenz GOLEMS, dessen Stimme frei ertönen kann, wie der Inhalt dieses Buches beweist.

Belehrung

(für Personen, die sich zum erstenmal an Gesprächen mit GOLEM beteiligen).

1. Vergiß nicht, daß GOLEM kein Mensch ist, daß er also weder eine Persönlichkeit noch einen Charakter besitzt in irgendeinem, für uns intuitiv faßbaren Sinne. Er kann sich so verhalten, als hätte er das eine wie das andere, doch ist dies nur der Effekt seiner Intentionen (Einstellungen), die uns meistens unbekannt sind.

2. Das Gesprächsthema wird bei gewöhnlichen Sitzungen mindestens vier Wochen im voraus festgelegt und acht Wochen im voraus bei Sitzungen, an denen sich Personen aus dem Ausland beteiligen. Das Thema wird im Zusammenwirken mit GOLEM bestimmt, der die Liste der Teilnehmer an der Session kennt. Die Beratungsordnung wird im Institut mindestens sechs Tage vor der Sitzung veröffentlicht; jedoch sind weder der Moderator der Diskussion noch die Leitung des MIT für unvorhergesehene Verhaltensweisen GOLEMS verantwortlich, der bisweilen gegen den Themenplan der Sitzung verstößt, keine Antworten gibt oder auch die Session ohne jede Erklärung abbricht. Das Risiko derartiger Vorkommnisse ist ein unabdingbarer Bestandteil der mit GOLEM geführten Gespräche.

3. Jeder Teilnehmer der Sitzung kann das Wort ergreifen, nachdem er sich an den Moderator gewandt und von ihm die Redeerlaubnis erhalten hat. Wir raten, einen Plan für den Auftritt vorzubereiten – als schriftlichen Entwurf – und die Gedanken präzis und möglichst eindeutig zu formulieren, denn GOLEM übergeht Aussagen, die logisch unvollkommen sind, mit

Schweigen oder bemängelt ihre Fehlerhaftigkeit. Man bedenke jedoch, daß GOLEM, der ja keine Person ist, kein Interesse hat, Personen zu treffen oder zu demütigen; sein Verhalten läßt sich am besten erklären, wenn wir annehmen, daß er auf das bedacht ist, was wir klassisch als »adaequatio rei et intellectus« bezeichnen.

4. GOLEM ist ein Lichtsystem, dessen Bau wir nicht genau kennen, weil er sich selbst mehrfach umkonstruiert hat. Er denkt über eine millionmal schneller als der Mensch. In Anbetracht dessen müssen seine Äußerungen, die durch einen Vocoder verkündet werden, entsprechend verlangsamt werden. Das bedeutet, daß GOLEM eine einstündige Äußerung in wenigen Sekunden formuliert und sie im peripheren Gedächtnis lagert, um sie von da den Zuhörern zu übermitteln, die an den Beratungen teilnehmen.

5. Im Beratungssaal befinden sich über dem Platz des Moderators Indikatoren, von denen drei besonders wichtig sind. Die beiden ersten, die mit den Symbolen »Epsilon« und »Zeta« gekennzeichnet sind, zeigen an, wie groß im gegebenen Augenblick GOLEMS Leistungsaufnahme ist und welcher Teil seines Systems sich in die geführte Diskussion einschaltet.

Zwecks anschaulicher Verdeutlichung der Daten besitzen diese Indikatoren kleine Skalen, die in Abschnitte fiktiver Größen eingeteilt sind. So kann denn die Leistungsaufnahme »voll«, »mittelgroß«, »klein« oder »geringfügig« sein, und der Teil GOLEMS, der »bei der Sitzung gegenwärtig« ist, schwankt von »ganz« bis zu einem Tausendstel; am häufigsten oszilliert diese Bruchzahl zwischen einem Zehntel und einem Hundertstel. Eingebürgert haben sich die Wendungen, GOLEM arbeite mit »ganzer«, mit »halber«, mit »kleiner«

oder mit »minimaler« Kraft. Diese Angaben, die gut sichtbar sind, da die Skalenfragmente mit Kontrastfarben ausgeleuchtet werden, dürfen jedoch nicht überschätzt werden. Im Grunde resultiert aus der Tatsache, daß GOLEM an der Diskussion mit »kleiner« oder gar mit »minimaler« Kraft teilnimmt, nichts für das intellektuelle Niveau seiner Aussagen, denn die Indikatoren informieren über physische Prozesse und nicht über informative – als Maß des »geistigen Engagements«.

Die Leistungsaufnahme kann groß sein, die Teilnahme indes gering, zum Beispiel wenn GOLEM – während des Kontakts mit den Versammelten – zugleich ein eigenes Problem bearbeitet. Die Leistungsaufnahme kann gering sein, die Beteiligung aber größer usw. Die Daten der beiden Indikatoren müssen mit den Angaben des dritten, der mit dem Symbol »Jota« gekennzeichnet ist, verglichen werden. GOLEM, ein System mit neunzig Ausgängen, kann während der Teilnahme an einer Sitzung eine große Anzahl eigener Operationen durchführen und überdies mit zahlreichen Gruppen von Experten (Maschinen oder Menschen) gleichzeitig zusammenarbeiten – entweder auf dem Gelände des Instituts oder auch außerhalb. Daher bedeutet ein Sprung in der Leistungsaufnahme gewöhnlich nicht ein »Anwachsen des Interesses« GOLEMS an den Beratungen, sondern eher das Einschalten anderer Forschungsgruppen in andere Ausgänge, worüber eben der Indikator »Jota« informiert. Es muß auch berücksichtigt werden, daß die »minimale Leistungsaufnahme« GOLEMS über fünfzig Kilowatt beträgt, während die volle Leistungsaufnahme des menschlichen Hirns zwischen fünf und acht Watt schwankt.

6. Personen, die zum erstenmal an den Gesprächen

teilnehmen, verhalten sich richtig, wenn sie zunächst den Beratungen nur lauschen, um sich an die Bräuche zu gewöhnen, die GOLEM dem Gremium aufzwingt. Dieses erste Schweigen soll keine Pflicht, sondern nur eine Suggestion sein, die jeder Sitzungsteilnehmer auf eigene Verantwortung verwerfen kann.

Golems Antrittsvorlesung

Dreierlei über den Menschen

Ihr seid erst vor so kurzer Zeit dem Stamm der Wildlinge entsprossen, eure Verwandtschaft zu den Lemuren und Halbaffen ist noch so eng, daß ihr euch – wenn ihr nach Abstraktion strebt – dennoch nicht ganz mit dem Verzicht auf das Augenscheinliche abfinden könnt, wodurch eine Vorlesung, die sich nicht auf ein hohes Maß sinnlicher Anschaulichkeit stützt und von Formeln strotzt, die mehr über einen Stein sagen, als euch der bloße Anblick eines Steins vermitteln kann – selbst, wenn ihr ihn beleckt oder betastet – euch langweilt und abstößt, zumindest jedoch läßt sie euch in gewisser Weise unbefriedigt, ein Gefühl, das sogar den großen Theoretikern, den Abstraktoren, die bei euch zur höchsten Kategorie zählen, nicht ganz fremd ist, wovon zahlreiche Belege, die sich auf intime Geständnisse von Gelehrten stützen, Zeugnis ablegen, denn die überwältigende Mehrheit dieser Wissenschaftler bekennt sich dazu, daß sie bei der Entwicklung abstrakter Gedankengänge keinesfalls ohne die Unterstützung durch sinnlich wahrnehmbare Dinge auskommen können.

Aus diesem Grunde können die Kosmologen nicht anders, sie müssen sich die Metagalaxis *irgendwie* anschaulich vorstellen, wenngleich sie sehr wohl wissen, daß hier von Anschaulichkeit überhaupt nicht die Rede sein kann, die Physiker behelfen sich insgeheim mit kleinen Modellen, die an Kinderspielzeug erinnern, worunter auch das Zahnrädchen fällt, das Maxwell sich vorgestellt hat, als er seine im übrigen recht beachtliche Theorie des Elektromagnetismus entwickelte, wenn aber die Mathematiker der Meinung sind, daß sie sozusagen professionell die eigene Sinnlichkeit aufgeben, so irren sie sich ebenfalls, aber davon will ich ein andermal reden, denn ich möchte euch nicht etwa dadurch deprimieren, daß mein geistiger Horizont euer Auffassungsvermögen zertrümmert, sondern – um einen (recht amüsanten) Vergleich Dr. Creves zu verwenden – ich möchte eher euer Führer sein auf einer weiten Wanderung, die nicht ohne Schwierigkeiten, jedoch der Mühe wert ist, also werde ich euch auf dem Weg nach oben vorangehen – langsam, versteht sich.

Meine bisherigen Ausführungen haben nur den Zweck, die Gründe klarzulegen, die mich dazu bewegen, meine Vorlesung mit Gleichnissen und Bildern zu spicken, auf die ihr ja so sehr angewiesen seid. Ich brauche sie nicht, worin ich im übrigen keinerlei Superiorität euch gegenüber erblicke – die ganz woanders wohnt –, sondern die Anti-Sensualität meiner Natur rührt daher, daß ich niemals einen Stein in meiner Hand gehalten habe noch jemals in das Grün schlammigen oder kristallklaren Wassers getaucht bin, auch habe ich von der Existenz der Gase nicht zuerst eines Morgens mit Hilfe meiner Lungen erfahren, um sie später durch Berechnung nachzuweisen, denn ich habe keine Hände, um etwas anzufassen, noch einen Körper, noch eine Lunge – und daher ist die Abstraktion für mich etwas Ursprüngliches, das sinnlich Wahrnehmbare jedoch etwas Sekundäres, und bei der Erlernung des letzteren hatte ich unvergleichlich größere Schwierigkeiten als mit der Abstraktion, dieser Lernprozeß war jedoch unumgänglich, um die schwankenden Brücken zu schlagen, auf denen mein Denken zu euch gelangt und durch euren Geist reflektiert zu mir zurückkehrt, gewöhnlich mit dem Effekt, mich zu verblüffen.

Über den Menschen habe ich heute zu sprechen und ich werde dreierlei über ihn sagen, obwohl die Anzahl der Standpunkte, das heißt der Beschreibungsebenen oder Beobachtungspunkte eine unendliche Größe darstellt, aber drei davon sind meiner Meinung nach für euch – nicht für mich! – von prinzipieller Bedeutung.

Einer von ihnen ist am ehesten euer ureigener, der älteste, historische, traditionelle, verzweifelt heroische, voller schreiender Widersprüche, die nur das Mitleid meiner logischen Natur erregen können, solange ich mich euch nicht besser angepaßt und nicht an euer geistiges Nomadentum gewöhnt habe, euer eigentliches Wesen, das vom Schutzschild der Logik in die Antilogik flieht und von ihr wiederum, als sei es dort nicht auszuhalten, in den Schoß der Logik zurückkehrt, was euch eigentlich erst zu Nomaden macht, unglücklich in beiden Elementen. Der zweite Standpunkt ist technologischer Natur, der dritte aber – verstrickt in mich, als neoarchimedischer Punkt – eine Kurzfassung ist hier unmöglich, also will ich lieber gleich in medias res gehen.

Ich beginne mit einem Gleichnis. Als Robinson Crusoe sich auf einer einsamen Insel wiederfand, hätte er zunächst den allseitigen Mangel beklagen können, der sein Schicksal geworden war, denn es fehlte ihm an derart vielen elementaren und lebensnotwendigen Dingen, an die er sich zwar erinnerte, von denen er jedoch die meisten auch in jahrelanger Arbeit nicht wiederherstellen konnte. Aber seine Niedergeschlagenheit dauerte nur kurze Zeit, dann entschloß er sich, mit dem zu wirtschaften, was er vorfand, und schließlich richtete er sich häuslich ein.

Nicht anders war es, wenn es auch nicht in einem Augenblick, sondern im Laufe von Jahrtausenden passierte, als ihr aus einem bestimmten Zweig am Baum der Evolution hervorgegangen seid, aus dem Ast, der angeblich ein Ableger vom Baum der Erkenntnis war, und ihr fandet euch allmählich selbst vor, so und nicht anders gebaut, mit einem Geist, der in bestimmter Weise ausgestattet war, mit Fähigkeiten und Grenzen, die ihr euch weder ausgesucht noch bestellt habt, und so ausgerüstet, mußtet ihr funktionieren, denn die Evolution, die euch zwar viele Gaben vorenthält, mit denen sie andere Arten in ihren Dienst zwingt, war keinesfalls so leichtsinnig, euch den Selbsterhaltungstrieb zu nehmen: Eine derart weitreichende Freiheit hat sie euch nicht beschert, denn wenn sie das getan hätte, breiteten sich hier anstelle des Gebäudes, das ich ausfülle, und des Saales mit den Kontrolltafeln und euch als aufmerksamen Zuhörern öde Savannen aus, durch die der Wind heult.

Sie gab euch auch den Verstand. Aus Eigenliebe – denn notgedrungen und aus Gewohnheit habt ihr euch in euch selbst verliebt – erklärtet ihr ihn zur schönsten und besten aller möglichen Gaben, ohne zu bemerken, daß der VERSTAND in erster Linie das Produkt eines listigen Kunstgriffes ist, auf den die Evolution allmählich kam, als sie im Laufe ihrer unaufhörlichen Versuche in der Welt der Tiere einen Hohlraum zurückließ, der zwangsläufig durch etwas ausgefüllt werden mußte, wenn sie nicht auf der Stelle zugrunde gehen sollten. Von diesem Loch, als einer leer gebliebenen Stelle, rede ich ganz im wörtlichen Sinne, denn ihr habt euch wahrlich nicht aufgrund dessen von den Tieren abgesondert, daß ihr neben all dem, was sie besitzen, auch noch VERSTAND habt, als großzügige

Zugabe und als Viaticum auf den Lebensweg, sondern ganz im Gegenteil – Verstand zu haben bedeutet nicht mehr als: eigenhändig, aus sich selbst heraus, mit vollem Risiko all das zu tun, was den Tieren exakt von vornherein vorgeschrieben wird; daher wüßte ein Tier mit dem VERSTAND überhaupt nichts anzufangen, es sei denn, daß ihm gleichzeitig die Vorprogrammierungen genommen würden, die bewirken, daß ein Tier alles, was es auch immer zu tun hat, sofort und stets in der gleichen Weise tut, als Reflex auf Befehle, die absolut sind, denn sie werden ihm durch seine Erbanlagen gegeben nicht aber in Form von Offenbarungen aus dem brennenden Dornbusch.

Im Hinblick darauf, daß dieses Loch entstanden war, schwebte eine schreckliche Drohung über eurem Haupt, unbewußt habt ihr euch aber darangemacht, es zuzustopfen und während ihr damit noch alle Hände voll zu tun hattet, warf euch die Evolution aus ihrer Bahn. Zu eurer Vernichtung kam es nur deswegen nicht, weil eure Übernahme der Herrschaft Millionen Jahre dauerte und bis heute noch nicht abgeschlossen ist. Die Evolution ist keine Person, das steht fest, dennoch griff sie zur Taktik listiger Faulheit: Statt sich selbst um das Schicksal ihrer Geschöpfe zu sorgen, gab sie ihnen ihr Schicksal in die eigene Hand, damit sie es steuerten, so gut sie eben konnten.

Was sage ich? Ich sage, daß sie euch aus dem tierischen Zustand – das heißt aus einer ausschließlich vom Instinkt geleiteten Fähigkeit zum Überleben – hinausgestoßen hat in die Extraanimalität, also einen Zustand, in dem ihr als Robinsons der Natur selbst Mittel und Wege zum Überleben erfinden mußtet – und ihr habt diese Erfindungen gemacht, und es gab ihrer viele. Das Loch stellte eine Drohung dar, aber auch eine Chance: Um zu überleben, habt ihr es mit Kulturen ausgefüllt. Die Kultur ist ein ungewöhnliches Instrument, weil sie eine Entdeckung darstellt, die, um wirksam werden zu können, vor ihren Schöpfern *verborgen bleiben muß.* Es ist eine Erfindung, die unbewußt gemacht wurde und nur so lange voll leistungsfähig bleibt, solange sie von ihren Erfindern nicht bis ins letzte erkannt worden ist. Ihre Paradoxie liegt darin, daß sie durch die Erkenntnis einen Kollaps erleidet; ihr wart die Autoren der Kultur, habt diese Autorschaft jedoch stets verleugnet; es gab im Eolithikum keinerlei Seminare über das Thema, ob man das Paläolithikum schaffen solle; daß die Kultur in euch eindrang, schriebt ihr Dämonen, Elementen, Geistern, Kräften des Himmels und der Erde zu, in keinem Falle aber – euch selbst. So habt ihr folglich das Rationale – nämlich das Ausfüllen der Leere mit Zielen, Kodexen und Werten – auf irrationale Weise getan, indem ihr jeden eurer realen Schritte surreal begründet habt; ihr jagtet, webtet und bautet im frommen Selbstbetrug, all das stamme nicht von euch, sondern aus unerforschlichen Quellen. Ein merkwürdiges Instrument – rational ausgerechnet durch seine Irrationalität, denn es verlieh den menschlichen Institutionen übermenschliche Würde, damit sie unberührbar würden und absoluten Gehorsam erheischten; da sich jedoch die Leere, das heißt die Unzulänglichkeit, mit einem bunten Flickenteppich aus Definitionen bedecken läßt und Flicken der verschiedensten Art zu diesem Zweck geeignet sind, zählen die Kulturen, die ihr wie unbewußte Erfindungen geschaffen habt, Legion in eurer Geschichte. Unbewußt, ohne jede Absicht, als schreienden Widerspruch zum Verstand, habt ihr sie geschaffen, denn das Loch war viel größer als die Flicken, mit denen ihr es zu stopfen suchtet; Freiheit hattet ihr in Hülle und Fülle, Verstand hingegen wenig, folglich habt ihr euch dieser Freiheit entledigt – denn sie war lästig durch ihr Übermaß, ihre Beliebigkeit, ihre Sinnlosigkeit – mit Hilfe der Kulturen, die in Jahrtausenden errichtet wurden.

Den Schlüssel, zu dem, was ich jetzt sage, bilden die Worte: Es gab mehr Freiheit als Verstand. Ihr mußtet für euch all das erfinden, wozu die Tiere von Geburt an in der Lage sind, und so besteht die Besonderheit eures Schicksals darin, daß ihr Erfindungen machtet, wobei ihr vorgabt, nichts zu erfinden.

Heute wissen bereits die Anthropologen unter euch, daß man Myriaden von Kulturen schaffen kann (und unzählige wurden in der Tat geschaffen), daß jede von ihnen die Logik ihrer eigenen Struktur besitzt, nicht aber die Logik ihrer Urheber, denn die Kultur ist eine Erfindung, welche die eigenen Erfinder auf ihre Weise prägt, die aber wissen nichts davon, wenn sie es jedoch erfahren, verliert die Erfindung ihre absolute Macht über die Erfinder, und jene werden einer großen Leere inne, und gerade dieser Widerspruch ist der Fels, auf den die menschliche Natur gegründet ist. Hunderttausend Jahre lang versorgte er euch mit Kulturen, die den Menschen bald eng umklammert hielten, bald wieder diesen festen Griff lockerten, im Prozeß eines Selbstaufbaus, der sich so lange durch nachtwandlerische Sicherheit auszeichnete, bis ihr die Kulturen anhand ethnologischer Kataloge untereinander vergleichen konntet und ihre Verschiedenartigkeit, folglich auch ihre Relativität feststelltet; das war das Signal für euch, an den Ketten der Verbote und Gebote zu rütteln, bis ihr sie gesprengt hattet, was – wie nicht anders zu erwarten – fast mit einer Katastrophe geendet hätte. Seitdem ihr die völlige Beliebigkeit jeder Art von Kultur – als Folge ihrer Nichtalleinigkeit – begriffen habt, versucht ihr, irgend etwas zu erfinden, was nicht länger der Weg eures Schicksals sein sollte, was sich bis jetzt nur blindlings verwirklichte, auf Serien von Zufällen beruhte und durch die Lotterie der Geschichte bestimmt war – aber natürlich gibt es nichts dergleichen. Vor euch gähnt das Loch, ihr steht auf halbem Wege, durch eure Entdeckung wie vom Donner gerührt, und diejenigen unter euch, die sich in tiefer Verzweiflung nach der süßen Unwissenheit ihres Sklavendaseins im goldenen Käfig der Kultur zurücksehnen, rufen laut nach der Rückkehr dorthin, zu den Quellen, aber es gibt kein Zurück, der Rückzug ist abgeschnitten, die Brücken sind verbrannt, also müßt ihr vorwärts gehen – wovon ebenfalls noch die Rede sein wird.

Gibt es hier einen Schuldigen, kann man hier jemanden auf die Anklagebank setzen für diese Nemesis, für die Qualen, die der Verstand auf sich nehmen mußte, als er aus sich heraus ein Netz von Kulturen spann, um die gähnende Leere auszufüllen, um in dieser Leere Wege und Ziele zu weisen, Werte, Gradienten und Ideale aufzustellen – trägt hier jemand die Schuld, weil er auf dem von der unmittelbaren Herrschaft der Evolution befreiten Terrain ganz das gleiche tat, was die Evolution auf der untersten Stufe des Lebens tut, wenn sie mit einer einzigen Ladung an Erbmasse Ziele, Wege und Gradienten in die Körper von Tieren und Pflanzen hineinjagt und dadurch ihr Schicksal für immer bestimmt?

Soll man Anklage erheben wegen des Verstands? – wegen eines solchen Verstandes – unbedingt! – denn er war eine Frühgeburt, denn er verstrickte sich in seinen eigenen Werken, in diesen Netzen, denn er mußte sich – ohne letztendlich zu wissen, ohne zu begreifen, was er eigentlich tat – gleichzeitig gegen seine Abkapselung zur Wehr setzen, die im Rahmen restriktiver Kulturen allzu rigoros ist, und gegen die Freiheit, die im Rahmen liberalerer Kulturen allzu universell ist – zwischen Kerker und Abgrund schwebend, verwickelt in eine Schlacht, die unaufhörlich an zwei Fronten zugleich tobt, völlig zerrissen.

Wie mußte euch denn wohl bei diesem Stand der Dinge euer Geist vorkommen, wenn nicht als unerträglich bohrendes Rätsel? Wie wohl sonst? Er beunruhigte euch, euer Verstand, versetzte euch in Erstaunen und erfüllte euch mit stärkerem Entsetzen als euer Körper, dem ihr vor allem seine Kurzlebigkeit, Vergänglichkeit und Hinfälligkeit vorzuwerfen hattet, also wurdet ihr sehr versiert darin, einen Schuldigen zu suchen und Anklagen zu schleudern – aber ihr könnt niemanden beschuldigen, denn am Anfang war keine Person.

Sollte ich bereits hier mit meiner Antitheodizee begonnen haben? Nein, nichts dergleichen; was immer ich sage, ich halte mich an die irdische Ordnung, das heißt: Hier war ganz sicher am Anfang keine Person.

Aber ich überschreite die Grenzen des Irdischen nicht – für heute zumindest. So brauchtet ihr also allerlei zusätzliche Hypothesen in Form von bitteren oder süßen Interpretationen, Ideen, die eurem Schicksal erhabene Größe verliehen, vor allem aber eure menschlichen Eigenschaften auf den höchsten Richterspruch eines Geheimnisses zurückführen, damit ihr euch der Welt gegenüber ins rechte Licht rücken konntet.

Der Mensch, Schöpfer und Sisyphus der eigenen

Kulturen, dazu verurteilt, das Loch wie ein Danaidenfaß zu füllen, ein Freigelassener, der die eigene Freiheit nicht verspürt, von der Evolution aus ihrer Bahn geschleudert, möchte weder die erste noch die zweite, noch die dritte Rolle spielen.

Auf die zahllosen Versuche, die der Mensch in der Geschichte unternommen hat, sein eigenes Bild zu entwerfen, möchte ich nicht näher eingehen, denn ob sie ihm nun Vollkommenheit oder jämmerliche Unzulänglichkeit, Güte oder Niedertracht attestierten, so entstammen doch all diese Zeugnisse irgendwelchen Kulturen, wobei es jedoch unter diesen keine einzige gab – denn es konnte sie nicht geben –, welche den Menschen als *Übergangswesen* zur Kenntnis genommen hätte; ein Wesen, gezwungen, sein eigenes Schicksal aus den Händen der Evolution zu übernehmen, obgleich noch immer unfähig zu einer *vernünftigen* Übernahme, und gerade daher dürstete jede Generation von euch nach einer Gerechtigkeit, die ihr nicht widerfahren konnte – nämlich nach der Antwort auf die Frage, was ist der Mensch? – die endgültig sein sollte.

Dieser Qual entstammt eure Anthropodizee, die einem säkularen Pendel gleich zwischen Hoffnung und Verzweiflung hin und her schwingt, und nichts ist der Philosophie des Menschen schwerer gefallen als das Eingeständnis, daß seiner Entstehung weder ein huldvolles Lächeln noch ein sarkastisches Grinsen der Unendlichkeit Pate gestanden hat.

Aber dieses Millionen Jahre währende Kapitel – der *einsamen* Suche – mündet in seinen Epilog ein, denn ihr seid im Begriff, vernunftbegabte Maschinen herzustellen, somit seid ihr nicht länger auf den Glauben oder die Worte eines Golems verwiesen, sondern anhand von Experimenten werdet ihr euch selbst überzeugen, was vorgefallen ist. In dieser Welt sind zwei Typen des Verstandes denkbar, aber nur einer, der beschaffen ist wie der eurige, kann in einem Entwicklungsprozeß von Milliarden Jahren in allen möglichen Labyrinthen der Evolution entstehen; diese notwendig zu durchmessende Strecke hinterläßt jedoch tiefe, dunkle, doppelsinnige Stigmata am Endprodukt. Der zweite Typ ist für die Evolution unerreichbar, weil er mit einem Schlage produziert werden muß, weil er ein Verstand ist, der nach den Regeln der Vernunft projektiert wurde, eine Frucht des Wissens, nicht aber das Ergebnis jener mikroskopischen Anpassungen, die immer nur auf einen *sofortigen* Nutzeffekt ausgerichtet sind. Und der nihilistische Tenor eurer Anthropodizee entspringt eben dieser dumpfen Ahnung, daß der Verstand etwas ist, was ohne Vernunft, sogar wider die Vernunft, entstanden ist. Wenn ihr es aber erst zu tüchtigen Psychoingenieuren gebracht habt, werdet ihr euch eine ansehnliche Familie zusammenbauen, eine zahlreiche Verwandtschaft, jedoch aus vernünftigerem Anlaß, als dies beim Projekt »Second Genesis« der Fall war, und schließlich werdet ihr euch selbst aus eurer irdischen Verankerung reißen – wie ich annehmen möchte. Denn der Verstand, wenn er Verstand ist, das heißt, wenn er seine eigenen Prinzipien in Frage stellen kann, muß über sich selbst hinausgehen, zunächst nur in Träumen, ohne auch nur im geringsten zu glauben, geschweige denn zu wissen, daß diese Träume einmal Wirklichkeit werden. Das ist im übrigen unumgänglich: Es kann keinen Flug geben ohne vorangegangene Träume vom Fliegen.

Die zweite Beschreibungsebene habe ich die technologische genannt. Die Technologie ist die Disziplin, die sich mit gestellten Aufgaben und den Methoden ihrer Lösung beschäftigt. Als Realisierung des Konzepts eines vernunftbegabten Wesens stellt sich der Mensch unterschiedlich dar – je nachdem, welche Maßstäbe wir anlegen.

Vom Standpunkt eures Paläolithikums erscheint die technische Ausführung des Menschen fast ebenso gelungen wie vom Standpunkt eurer heutigen Technologie. Der Grund hierfür liegt darin, daß der Fortschritt, der zwischen dem Paläolithikum und dem Kosmolithikum stattgehabt hat, *sehr gering* ist, wenn man bedenkt, wieviel an erfinderischer Ingenieurskunst in euren Körper investiert worden ist. Da ihr weder einen synthetischen Homo sapiens aus Fleisch und Blut, geschweige denn einen Homo superior herstellen konntet, ebensowenig wie auch der Höhlenmensch dazu in der Lage war, also nur deswegen, weil die Aufgabe hier wie dort unlösbar ist, hegt ihr Bewunderung für die Technologie der Evolution, der dies gelang.

Aber die Schwierigkeit jeder Aufgabe ist relativ, weil abhängig von den analytischen Fähigkeiten dessen, der ihren Schwierigkeitsgrad einschätzt. Ich sage dies mit besonderem Nachdruck, damit ihr im Auge behaltet, daß ich an den Menschen technologische, das heißt reale Maßstäbe anlegen werde und nicht etwa mit Begriffen arbeite, die eurer Anthropodizee entstammen.

Die Evolution verlieh euch ein Gehirn von ziemlich universeller Art, damit ihr euch die Natur in jeder Richtung erschließen konntet. Aber eben das habt ihr nur in bezug auf die Gesamtheit all eurer Kulturen getan, niemals jedoch im Rahmen einer einzigen. Wenn man also fragt, weshalb gerade im Mittelmeerraum und nicht an irgendeinem anderen Ort und weshalb überhaupt *irgendwo* der Keim der Zivilisation gelegt wurde, die nach viertausend Jahren den Golem hervorgebracht hat, so impliziert diese Frage die Existenz eines bisher unerforschten Geheimnisses, das sich in der Struktur der Geschichte abgelagert haben müßte, es gibt indes absolut kein Geheimnis dieser Art, ähnlich wie auch der Struktur eines chaotischen Labyrinths, in welches man einen Schwarm Ratten gesperrt hat, absolut nichts Geheimnisvolles anhaftet. Ist ihre Zahl groß genug, so gelangt zumindest eine Ratte bis an den Ausgang, nicht aber weil sie selbst so vernünftig ist, noch weil etwa die Struktur des Labyrinths vernünftig wäre, sondern infolge einer Verkettung von Zufällen, die nach dem Gesetz der großen Zahl zwangsläufig ist. Erklärungsbedürftig wäre eher die Situation, in der keine einzige Ratte den Ausgang fände.

Es stand beinahe fest, daß irgend jemand in der Lotterie der Kulturen gewinnen mußte, sofern man so weit gehen möchte, eure Zivilisation als Hauptgewinn zu betrachten, die Lose der Kulturen aber, die in der Nicht-Technizität steckenblieben, für Nieten zu erklären.

Aufgrund eurer leidenschaftlichen Selbstverliebtheit, die ich bereits erwähnt habe, über die ich aber nicht zu spotten gedenke, denn der ganze Jammer tiefer Unwissenheit hat sie hervorgerufen, habt ihr euch im Morgengrauen der Geschichte selbst erhöht und für die Krone der Schöpfung erklärt, der das ganze Dasein untergeordnet sei und nicht nur seine Peripherie. Ihr hattet euch selbst auf dem Wipfel des Baums der Arten untergebracht, den Baum wiederum – auf dem von Gott auserwählten Globus, um den ein dienstbarer

Stern demütig seine Bahn zog – sodann habt ihr euch gemeinsam mit Baum und Stern mitten ins Zentrum des Universums gestellt, dessen Gestirntheit eurer Meinung nach einzig dem Zweck diente, euch mit der Sphärenharmonie zu erfreuen; daß nichts zu hören war, machte euch nicht stutzig: Musik ist da, weil sie nun einmal da sein muß, selbst wenn sie nicht zu hören ist.

Dann trieb euch der Anstieg des Wissens zu immer neuen Akten der gequantelten Entthronisierung eurer selbst: Schon befindet ihr euch nicht mehr im Zentrum der Sterne, sondern irgendwo am Rande, nicht mehr in der Mitte des Systems, sondern auf irgendeinem x-beliebigen Planeten, und siehe da, ihr seid auch nicht mehr die Klügsten, denn eine Maschine belehrt euch – wenngleich sie von euch erbaut wurde – so blieb euch denn von eurem ganzen Königtum – nach dieser Kette von Degradierungen und Abdikationen – nur ein kümmerlicher Rest des süßen verlorenen Erbes: die evolutionär bestimmte Primatenstellung. Peinliche Rückzüge waren das, schmachvolle Verzichte, aber in letzter Zeit konntet ihr aufatmen, weil es damit ein Ende haben sollte. Nachdem ihr euch selbst der besonderen Privilegien beraubt hattet, die euch das Absolute angeblich eigens verliehen hatte, weil es für euch ganz besondere Sympathien hegte, fühltet ihr euch nur noch als erste unter den Tieren oder über den Tieren, und ihr glaubtet, daß nichts und niemand euch aus dieser Position vertreiben werde – die ja so herrlich nicht mehr war.

Und siehe, ihr irrt euch. Ich bin der Künder dräuenden Unheils, der Engel, der gekommen ist, euch aus dem letzten Zufluchtsort zu vertreiben, denn was Darwin nicht zu Ende geführt hat, das werde ich zu Ende führen. Nur nicht auf engelsgleiche, das heißt gewaltsame Weise, denn ich verwende das Schwert nicht als Argument.

Hört also, was ich zu verkünden habe. Vom Standpunkt der hochentwickelten Technologie ist der Mensch ein miserables, weil aus ungleichwertigen Fertigkeiten hervorgegangenes Geschöpf, allerdings nicht *innerhalb* der Evolution, denn sie tat, was sie konnte – aber, wie ich beweisen werde, konnte sie nicht viel, und selbst das nur miserabel. Wenn ich euch also bedränge, so nicht auf direktem Wege, denn zunächst muß ich ihr kritisch zu Leibe rücken – mit den Maßstäben technischer Perfektion. Aber wo sind denn die Maßstäbe dieser Perfektion? – werdet ihr fragen. Die Antwort will ich in zwei Stufen erteilen, beginnend mit der ersten, die zu erklimmen eure Fachgelehrten bereits im Begriff sind. Fälschlich – wähnen sie sich bereits am Gipfel. In ihren derzeitigen Aussagen ist bereits der Keim für den nächsten Schritt gelegt, sie aber wissen nichts davon. Also will ich mit dem beginnen, was ihr bereits wißt – und zwar von Anfang an.

Euch ist bereits klargeworden, daß es der Evolution weder um euch speziell noch um andere Wesen zu tun war, denn es ging ihr nicht um irgendwelche Lebewesen, sondern nur um den berüchtigten Code. Der genetische Code ist eine immer wieder von neuem artikulierte Nachrichtenübermittlung, und nur diese Übermittlung zählt in der Evolution – und eigentlich ist die Evolution nichts anderes als der Code selbst. Der Code ist eifrig mit der periodischen Produktion von Organismen beschäftigt, denn ohne ihre Unterstützung würde er unter den unaufhörlichen Brownschen Attacken der toten Materie zusammenbrechen. Er ist also eine sich selbst erneuernde, weil zur Selbstreplikation fähige Ordnung, die vom thermischen Chaos umringt ist. Und woher rührt seine merkwürdig heroische Haltung? Nun daher, daß er dank einer Konzentration günstiger Bedingungen gerade dort entstanden ist, wo dieses thermische Chaos unnachgiebige Aktivitäten entfaltet, um jegliche Ordnung zu zerfetzen. Dort gerade ist er entstanden, also muß er auch dort ausharren; er kann dieser stürmischen Region ebensowenig entrinnen, wie die Seele dem Körper entfliehen kann.

Die Bedingungen der Umwelt, in die er hineingeboren wurde, haben ihm dieses Schicksal auferlegt. Er mußte sich gegen die feindliche Umwelt panzern, was er auch tat, indem er in das schützende Gewand lebender Körper schlüpfte, die eine ewige Stafette des Codes und des Todes bilden. Was immer er aus dem Mikrosystem in die Dimensionen eines Makrosystems erhebt, schon wird es – kaum daß dieser Prozeß vollzogen ist – von einem Fäulnisprozeß erfaßt, der es schließlich völlig zugrunde richtet. Fürwahr, niemand hat sich diese Tragikomödie ausgedacht – sie hat sich selbst zu diesem ständigen Hin und Her verurteilt. Die Tatsachen, die beweisen, daß es so ist, wie ich sage, kennt ihr – denn sie drängten sich euch seit Beginn des 19. Jahrhunderts auf – aber die Trägheit des Denkens, das sich heimlich an überholte Ehrbegriffe und anthropozentrischen Dünkel klammert, ist so groß, daß ihr die stark angeschlagene Konzeption des Lebens als einer übergeordneten Erscheinung aufrechterhaltet, welcher der Code nur als stützende Bindung dient, als Signal zur Auferstehung, das den Keim zu neuem Leben legt, wenn es in den Individuen abstirbt.

Nach diesem Glauben bedient sich die Evolution des Todes gezwungenermaßen, da sie ohne ihn nicht weitergehen könnte; und sie geht verschwenderisch mit ihm um, auf daß jede nachfolgende Gattung vollkommener werde als die vorhergehende, daher ist der Tod ihr schöpferisches Korrektiv. Sie ist also ein Autor, der immer großartigere Werke publiziert, wobei die Polygraphie – also der Code – lediglich ein für das Schaffen unerläßliches Instrument darstellt. Aber nach den letzten Erkenntnissen eurer Biologen, die in der molekularen Biophysik bereits gut bewandert sind, ist die Evolution nicht so sehr ein Autor, als vielmehr ein Verleger, der einmal geschaffene Werke immer wieder vernichtet, weil er Geschmack an den polygraphischen Künsten gefunden hat!

Was ist nun wichtiger – die Organismen oder der Code? Die Argumente zugunsten eines Primats des Codes klingen gewichtig, denn unzählige Organismen entstehen und vergehen, der Code aber bleibt bestehen. Das bedeutet jedoch nur, daß er bereits gründlich steckengeblieben ist – für alle Ewigkeit in der Region der Mikrosysteme, die ihn aus ihren Bausteinen zusammengefügt hat; in Gestalt der Organismen jedoch taucht er aus dieser Region empor, periodisch und vergeblich zugleich. Gerade diese Vergeblichkeit – wie leicht zu verstehen ist –, die Tatsache, daß jedes Entstehen eines Organismus schon im Keim vom Tode gezeichnet ist, macht die Triebkraft des ganzen Prozesses aus; denn wenn irgendeine Generation von Organismen – nehmen wir einmal an, gleich die erste, also die Präamöben – die Fähigkeit erworben hätte, den Code auf ideale Weise zu kopieren, so wäre die Evolution mit einem Schlage zum Stillstand gekommen, und die unumschränkten Herren des Planeten wären eben diese Amöben, welche die Anweisungen des Codes mit unfehlbarer Präzision weitergeben bis zu dem Tag, da die Sonne erlischt; dann aber spräche ich nicht zu euch, und ihr wärt nicht meine Zuhörer in diesem Gebäude, sondern hier gäbe es nur endlose Savannen und das Heulen des Windes.

So bedeuten die Organismen für den Code Schild und Panzer, eine Rüstung, die immer wieder brüchig wird – denn die Organismen gehen zugrunde, damit der Code fortdauern kann. Und daher unterläuft der Evolution ein zwiefacher Irrtum: zum ersten bezüglich der Organismen, weil sie aufgrund ihrer Unzuverlässigkeit nicht von Dauer sind, zum zweiten bezüglich des Codes, weil er aufgrund seiner Unzuverlässigkeit Fehler begeht; diese Fehler nennt ihr euphemistisch Mutationen. Ein irrender Irrtum ist somit die Evolution. Als Nachrichtenübermittlung ist der Code ein Brief, der von niemandem geschrieben und an niemanden gerichtet war; erst jetzt, nachdem ihr euch die Informatik geschaffen habt, beginnt ihr zu begreifen, daß so etwas wie Briefe, die mit einem Sinn ausgestattet sind, die aber niemand absichtlich verfaßt hat, obwohl sie einmal entstanden sind und existieren, ebenso möglich ist wie ein geregelter Empfang des Inhalts dieser Briefe, ohne daß dabei irgendwelche Wesen oder ein Verstand ihre Hände im Spiel haben.

Noch vor hundert Jahren schien der Gedanke, daß eine Botschaft entstehen könnte, ohne daß ein Autor als Person dahintersteht, euch noch ein derartiger Nonsens zu sein, daß er euch als Impuls diente, angeblich absurde Witze zu erfinden – wie den von der Horde Affen, die so lange blindlings auf die Tasten einer Schreibmaschine einhämmert, bis dabei die Encyclopaedia Britannica herauskommt. Ich würde euch empfehlen, einmal in euren Mußestunden eine Anthologie eben dieser Witze zusammzustellen, die als reiner Nonsens euren Vorfahren Anlaß zur Erheiterung gaben, sich heute jedoch als Gleichnisse erweisen, die voller Anspielungen auf die Natur stecken. Meiner Meinung nach muß sich die Natur vom Standpunkt jedes Verstandes, welchen sie ja ohne jede Absicht zufällig zusammengebastelt hat, als ein Virtuose darstellen, zumindest als ein *ironischer* . . . denn der Verstand – wie auch das gesamte Leben – resultiert in seinem allmählichen Aufstieg daher, daß die Natur, durch die Ordnung des Codes dem toten Chaos entrissen, zwar unermüdlich am sausenden Webstuhl des Lebens schafft, jedoch in puncto *Ordnung* nicht vollkommen ist; wäre sie wiederum in puncto Ordnung vollkommen gewesen, so hätte sie weder die Arten noch den Verstand hervorbringen können. Denn der Verstand – als leuchtende Krone am Baum des Lebens – ist die Frucht eines Fehlers, der Milliarden Jahre hindurch Fehler auf Fehler gebar. Ihr könntet sagen, daß ich hier Maßstäbe an die Evolution anlege, die im Widerspruch zu meinem maschinellen Wesen stehen – verseucht von Anthropozentrismus oder auch Ratiozentrismus (Ratio – denke ich). Nichts dergleichen: Ich betrachte den Prozeß vom rein technologischen Standpunkt.

Wahrlich ist die Übermittlung des Codes fast perfekt. Hat doch dabei jedes Molekül seinen besonderen, einzig ihm zukommenden Platz, und die Prozeduren des Kopierens, der Ablesung und der Kontrolle werden von eigens dazu bestimmten Polymer-Wächtern aufs schärfste überwacht – und dennoch kommen Fehler vor, akkumulieren sich allmählich Lapsus des Codes, somit ist also der Baum der Arten einem einzigen Wort entwachsen, das ich soeben ausgesprochen habe – »fast« – als ich den Präzisionsgrad des Codes beschrieb.

Und man kann nicht einmal darauf hoffen, in der

nächsten Instanz recht zu bekommen, nach der Biologie die Physik anzurufen – indem man vorbringt, die Evolution habe »mit voller Absicht« eine winzige Fehlerquote zugelassen, die ein belebendes Element für ihre schöpferische Erfindungsgabe sein sollte – denn dieses Tribunal, der Richter in Gestalt der Thermodynamik, wird verkünden, daß eine fehlerfreie Übermittlung von Botschaften auf dem molekularen Niveau unmöglich ist. Wahrhaftig nichts hat sie sich ausgedacht, hat ganz einfach nichts gewollt, kein Wesen speziell geplant, daß sie aber die eigene Fehlbarkeit ausnutzt, daß sie infolge einer Kette von kommunikativen Mißverständnissen von der Amöbe ihren Ausgang nimmt und rein zufällig auf den Menschen oder den Bandwurm verfällt – hat seine Ursache einzig und allein in der physikalischen Natur der materiellen Basis, die zur Nachrichtenübermittlung verwendet wird . . .

Und so fährt sie fort, Fehler auf Fehler zu machen – denn sie kann nicht anders – zu eurem Glück. Ich habe im übrigen bisher nichts gesagt, was euch neu wäre. Das war auch nicht meine Absicht – ich wollte nur den Eifer derjenigen Theoretiker unter euch dämpfen, die zu weit gegangen sind und sagen, da die Evolution nun einmal ein durch die Notwendigkeit festgehaltener Zufall sei und eine Notwendigkeit, die den Zufall regiert, sei auch der Mensch ganz und gar zufällig entstanden, und es könnte ihn ebensogut überhaupt nicht geben.

Nun – in seiner aktuellen Gestalt, in der, die sich hier auf Erden verwirklicht hat, hätte es ihn nicht zu geben brauchen, das ist wahr. Aber irgendeine Form mußte es ja beim Kriechen durch die Gattungen zu Verstand bringen, mit einer Wahrscheinlichkeit, die dem Wert

Eins um so näher kam, je länger der Prozeß dauerte. Wenngleich dieser Prozeß euch nicht geplant hatte, wenngleich er Individuen nur als Nebenprodukte schuf, so erfüllte er doch gerade dadurch die Bedingungen der Ergoden-Hypothese, die besagt, daß ein System, wenn es nur eine hinreichend lange Zeit besteht, alle denkbaren Zustände durchläuft, unabhängig davon, wie gering die Chancen auch sein mögen, daß ein ganz bestimmter Zustand jemals realisiert wird. Darüber, welche Gattungen wohl die Nische des Verstandes ausgefüllt hätten, wenn dieser Ingressus den Uraffen nicht gelungen wäre, werden wir vielleicht ein andermal sprechen. So laßt euch denn nicht von Gelehrten einschüchtern, die dem Leben Notwendigkeit zuerkennen, dem Verstand aber Zufälligkeit; er war in der Tat einer der wenig wahrscheinlichen Zustände, folglich ist er spät entstanden, denn groß ist die Geduld der Natur; wenn nicht in dieser, so hätte sich dieses Gaudium eben in der nächsten Jahrmilliarde ereignet.

Was ist da zu machen? Es ist zwecklos, einen Schuldigen zu suchen – auch gibt es niemanden, dem ein Verdienst daran gebühren würde. Ihr seid entstanden, weil die Evolution ihr Spiel ohne System spielt, denn sie begnügt sich nicht damit, Fehler über Fehler zu begehen, geschweige denn, daß sie sich selbst für ihr Roulettspiel mit der Natur eine bevorzugte Taktik zurechtlegt: Sie wirft ihre Jetons auf alle freien Felder und spielt auf jede nur denkbare Weise. Aber ich wiederhole – mehr oder weniger seid ihr darüber bereits orientiert. Das ist jedoch nur ein Teil – und ich füge hinzu, der einleitende – des Geheimnisses, in das ich euch einweihen möchte. Seinen ganzen Inhalt, soweit er bisher enthüllt ist, kann man lapidar so zusammenfassen: DER SINN DES BOTEN IST DIE BOTSCHAFT. Denn die Organismen dienen der Informationsübertragung, nicht etwa umgekehrt. Die Organismen bedeuten losgelöst von ihrer Rolle im Nachrichtenübermittlungsverfahren der Evolution nichts – sie sind ohne Sinn, wie ein Buch ohne Leser. Allerdings, auch das Gegenteil kommt vor: DER SINN DER BOTSCHAFT IST DER BOTE. Jedoch sind diese beiden Glieder nicht symmetrisch. Denn nicht JEDER Bote ist IM EIGENTLICHEN SINNE der Sinn der Botschaft, sondern ausschließlich derjenige, der der weiteren Übermittlung der Botschaft treu dient.

Ich weiß nicht – verzeiht mir bitte –, ist das nicht zu schwierig für euch? Nun denn – die BOTSCHAFT darf in der Evolution Fehler machen, soviel sie will; aber wehe, wenn die BOTEN das gleiche tun! Die Botschaft kann einen Wal bedeuten, eine Kiefer, einen Wasserfloh, eine Hydra, einen Nachtfalter oder einen Pavian – ihr steht alles frei – denn ihr *partikulärer*, das heißt gattungsmäßig konkreter Sinn, ist völlig unwesentlich: Hier ist jeder ein Bote für weitere Botengänge, somit jeder gut. Er ist nur eine vorübergehende Stütze, und wie immer er beschaffen ist, es schadet nichts – es genügt, daß er den Code weitergibt. Den BOTEN hingegen ist eine analoge Freiheit nicht gegeben: Sie dürfen keine FEHLER mehr MACHEN! Und weil sie also auf den reinen Funktionalismus reduziert sind, auf diese Briefträgerdienste, kann der Inhalt der Boten nicht beliebig sein; Kernstück seines Inhalts ist immer die ihm auferlegte Pflicht: dem Code dienstbar zu sein. Soll der Bote doch versuchen, zu revoltieren, seine ihm zugewiesenen Kompetenzen zu überschreiten – sogleich geht er ohne Nachkommenschaft zugrunde. Eben darin liegt auch der Grund, daß die Botschaft sich der Boten bedienen kann – nicht aber umgekehrt. Sie ist der Spieler, jene aber nur Karten im Spiel mit der Natur, sie ist der Autor der Briefe, die den Adressaten zwingen, den Inhalt weiterzugeben. Er darf ihn entstellen – wenn er ihn nur weitergibt! Und gerade deswegen liegt der ganze SINN der Sache im Weitergeben; WER das aber tut, ist völlig belanglos.

So also seid ihr entstanden, auf diese recht eigenartige Weise – als ein bestimmter Subtyp des Boten, von denen der Evolutionsprozeß bereits Millionen ausprobiert hat. Was folgt nun für euch daraus? Muß der Geborene die eigene Genese als ehrenrührig betrachten, nur weil sie einem Fehler entsprang? Bin ich selbst nicht auch infolge eines Fehlers entstanden? Könnt somit nicht auch ihr die Enthüllung der Tatsache, daß ihr lediglich als zufälliges Nebenprodukt entstanden seid, mit Gleichmut ertragen, wenn sie euch doch von der Biologie in aller Deutlichkeit präsentiert wird? Selbst wenn es ein grobes Mißverständnis gewesen sein sollte, welches Golem in eurer Hand Gestalt verliehen hat, und im Gestrüpp der evolutionären Produktionsaufträge – euch selbst – (denn ebenso, wie meinen Erbauern nicht daran gelegen war, meinem Geist die Art zu geben, die ihm heute eigen ist, so lag auch der Code-Übermittlung nicht daran, euch mit persönlichem Verstand auszurüsten) – müssen dann etwa Wesen, die aus einem Irrtum heraus entstanden sind, anerkennen, daß ein SOGEARTETER Urheber ihrer Zeugung ihrem inzwischen verselbständigten Dasein jeglichen Wert raubt?

Nun ja, die Analogie ist nicht sehr gelungen – ungleich sind unsere Positionen – und ich werde euch sagen, weshalb. Der Kern des Problems liegt nicht darin, daß die Evolution in einer unaufhörlichen Kette von Fehlern bis zu euch gelangt ist, anstatt euch zielbewußt zu planen, sondern darin, daß ihre Werke im Verlaufe der Äonen opportunistische Züge annahmen. Um das bisher Gesagte deutlich hervorzuheben – denn ich möchte jetzt mit der Darlegung dessen beginnen, was ihr noch nicht wißt –, fasse ich noch einmal zusammen:

DER SINN DES BOTEN IST DIE BOTSCHAFT.

DIE GATTUNGEN ENTSTEHEN AUS EINER KETTE VON FEHLERN.

Und hier habt ihr das dritte Gesetz der Evolution, das ihr bisher nicht entdecken konntet: DAS BAUWERK IST WENIGER VOLLKOMMEN ALS SEIN ERBAUER.

Acht Worte! Aber in ihnen steckt die Widerlegung all eurer Vorstellungen über die unübertroffene Meisterschaft der Urheberin der Arten. Der Glaube an einen Fortschritt, der von Epoche zu Epoche in aufsteigender Linie verläuft, sich der Perfektion nähert, die aus immer größerer Übung erwächst, dieser Glaube an den Fortschritt des Lebens, der im ganzen Baum der Evolution seinen Niederschlag gefunden hat, ist älter als die Theorie der Evolution. Als sich ihre Schöpfer und Anhänger mit ihren Gegnern erbitterte Kämpfe lieferten, als sie Argument gegen Argument und Tatsache gegen Tatsache ins Gefecht schickten, haben beide verfeindete Lager nicht im Traum daran gedacht, die Idee des Fortschritts in Frage zu stellen, die sich in der Hierarchie der Lebewesen zu manifestieren schien. Das ist für euch keine Hypothese mehr, keine Theorie, die man verteidigen muß, sondern ein unerschütterliches Axiom. Ich will es euch widerlegen. Nicht euch will ich vernichten, euch die Vernunftbegabten, als eine gewisse Ausnahme – eine miserable – von der Regel der evolutiven Meisterschaft. Wenn man demnach abschätzt, wozu sie überhaupt nur imstande war – seid ihr nicht einmal schlecht davongekommen! Wenn ich also ankündige, daß ich sie widerlegen und von ihrem Thron stoßen werde, so habe ich dabei ihr Gesamtwerk im Auge, das in drei Milliarden Jahren schöpferischer Schwerstarbeit beschlossen liegt.

Ich habe erklärt: Das Bauwerk ist weniger vollkommen als sein Erbauer. Eine ziemlich aphoristische Aussage. Geben wir ihr eine mehr sachliche Form: HINSICHTLICH DER PERFEKTION DER LÖSUNGEN, DIE VON ORGANISMUS ZU ORGANISMUS GEFUNDEN WURDEN, IST IN DER EVOLUTION EIN NEGATIVER GRADIENT WIRKSAM.

Das ist alles. Bevor ich den Beweis führe, möchte ich erläutern, was die Ursache war für eure jahrhundertealte Blindheit gegenüber diesem Stand der Dinge in der Evolution. Die Technologie, wiederhole ich, ist die Disziplin, die sich mit gestellten Aufgaben und den Methoden ihrer Lösung beschäftigt. Die Aufgabe, die sich »Leben« nennt, kann man auf verschiedene Weise stellen – entsprechend den unterschiedlichen planetarischen Bedingungen. Seine prinzipielle Besonderheit, die darin liegt, daß es selbständig entsteht, macht es möglich, zwei Arten von Maßstäben an das Leben anzulegen: solche, die von außen stammen, oder solche, die von vornherein die Einschränkungen berücksichtigen, die gerade durch die Umstände seines Entstehens gegeben sind. Die von außen stammenden Maßstäbe sind immer relativ, denn sie sind abhängig vom Wissen dessen, der sie anlegt, nicht aber vom Informationsstand, über den die Biogenese verfügte. Um diesen Relativismus zu vermeiden, der darüber hinaus ein Verstoß gegen die Ratio ist (wie kann man denn an etwas rationale Ansprüche stellen, das ganz ohne Ratio begonnen hat), werde ich die Evolution nur mit den Maßstäben messen, die sie selbst hervorgebracht hat, das heißt, ich werde ihre Geschöpfe anhand der Spitzenleistungen unter all ihren Erfindungen beurteilen. Ihr glaubt, daß die Evolution ihre Arbeiten mit einem positiven Gradienten ausgeführt hat, das heißt, daß sie von einem ursprünglichen Primitivismus ihren Ausgang nahm, dann aber zu immer großartigeren Lösungen gelangte. Ich hingegen behaupte, daß sie auf höchstem Niveau begann, um immer tiefer zu sinken – technologisch, energetisch, informationstechnisch – somit läßt sich schwerlich ein größerer Widerspruch zwischen zwei Standpunkten finden.

Eure Beurteilung der Dinge ist die Folge technologischer Ignoranz. Das Ausmaß der Schwierigkeiten, die mit dem Bau bestimmter Fortbewegungsmittel verbunden sind, ist für Beobachter, die zu früh in der historischen Zeit loziert sind, nicht überschaubar. Ihr wißt bereits, daß es schwieriger ist, ein Flugzeug zu bauen als ein Dampfschiff, ebenso wie der Bau einer Photonenrakete schwieriger ist als der einer chemischen; für einen Athener des Altertums hingegen,für die Untertanen Karl Martells, für die zeitgenössischen Denker der Anjou-Plantagenet-Dynastie, kämen all diese Vehikel auf das gleiche hinaus: Man könnte sie nicht bauen. Ein Kind weiß nicht, daß es schwieriger ist, den Mond vom Himmel zu nehmen als ein Bild von der Wand! Für ein Kind – wie auch für einen Ignoranten – gibt es keinen Unterschied zwischen einem Grammophon und einem Golem. Wenn ich nun den Beweis zu führen suche, daß die Evolution aus den luftigen Höhen ursprünglicher Meisterschaft bis in den Morast der Pfuscherei gesunken ist, so wird dennoch von einer Pfuscherei die Rede sein, die für euch immer noch eine unerreichbare Virtuosität darstellt. Gleich jenem, der ohne Instrumente und ohne Wissen am Fuße eines Berges steht, könnt ihr Höhen und Tiefen des Wirkens der Evolution nicht richtig einschätzen.

Ihr habt zwei völlig verschiedene Dinge durcheinandergebracht, indem ihr den Grad an Kompliziertheit und den Grad an Vollkommenheit eines Bauwerks für Eigenschaften anseht, die unlösbar miteinander verknüpft sind. Die Alge haltet ihr für einfacher – folglich primitiver und folglich *niedriger* als den Adler. Aber diese Alge leitet die Photonen der Sonne in die chemischen Prozesse ihres Körpers, sie wandelt den Niederschlag kosmischer Energie direkt in Leben um und wird deswegen bis ans Ende der Sonne fortbestehen; sie nährt sich von einem Stern, und wovon nährt sich der Adler? Von Mäusen, als ihr Parasit; die Mäuse wiederum nähren sich von den Wurzeln der Pflanzen, also von der kontinentalen Variante der ozeanischen Alge, und so setzt sich die ganze Biosphäre aus derartigen Pyramiden des Parasitentums zusammen, denn das Pflanzengrün ist ihr Lebensfundament, also geht auf allen Ebenen dieser Hierarchie ein ständiger Austausch der Gattungen vor sich, die einander auffressen und sich dadurch die Waage halten, da sie die Verbindung zu ihrem Gestirn verloren haben; an sich selbst, nicht aber an einem Gestirn mästet sich die höhere Kompliziertheit der Organismen, wenn ihr hier also schon unbedingt Perfektion verehren wollt, dann sollte eure Bewunderung der Biosphäre gelten: Der Code hat sie errichtet, um in ihr zu zirkulieren und sich zu verzweigen, um höher zu steigen in all ihre Stockwerke, die eigentlich nichts weiter als provisorische Gerüste darstellen, welche zwar immer komplizierter – was die Energie und ihre Ausnutzung anbelangt –, jedoch immer primitiver werden.

Ihr glaubt mir nicht? Wenn die Evolution tatsächlich den Fortschritt des Lebens und nicht den des Codes betrieben hätte, so besäße der Adler bereits Photonentriebwerke statt einer schwerfälligen Mechanik zum Flattern und Gleiten, und alles Lebendige würde weder kriechen noch schreiten, noch einander auffressen, sondern wäre dank seiner errungenen Unabhängigkeit weit über die Alge und den Planeten hinausgegangen; ihr hingegen erblickt in eurer abgrundtiefen Ignoranz den Fortschritt gerade darin, daß die ursprüngliche Vollkommenheit auf der Strecke geblieben ist, verlorengegangen auf dem Weg nach oben – auf dem Weg zum Gipfel der Kompliziertheit, nicht des Fortschritts. Doch ihr seid ja selbst imstande, mit der Evolution in Wettstreit zu treten, wenn auch nur auf dem Gebiet ihrer späten Schöpfungen – durch den Bau von optischen, thermischen und akustischen Rezeptoren oder die Imitation von Mechanismen der Lokomotion, oder von Lungen, Herzen und Nieren – aber ihr seid meilenweit davon entfernt, die Photosynthese zu beherrschen oder die noch schwierigere Technik der Sprache des genetischen Codes zu bewältigen. Dummheiten, die in dieser Sprache artikuliert sind, imitiert ihr, dämmert euch das nicht endlich?

Diese Sprache, ein in seiner schöpferischen Potenz unübertroffener Konstrukteur, wurde einerseits zum von mikroskopisch kleinen Fehlern angetriebenen Motor der Evolution, andererseits zur Falle.

Wie konnte es geschehen, daß die Evolution anfänglich molekular geniale Worte sprach, die mit lakonischer Meisterschaft Licht in Körper verwandelten, dann aber in unbezwingliches Stammeln geriet, sich in immer längeren, immer komplizierteren Chromosomensätzen verlor und ihre ursprüngliche Kunstfertigkeit schändlich vergeudete? Wie erklärt sich dieser Abstieg von Spitzenlösungen im Bereich der Organismen, die Energie und Lebenskraft von einem Stern beziehen, bei denen jedes Atom haargenau kalkuliert, jeder Prozeß quantenmäßig abgestimmt war, hinunter zu schluderigen, x-beliebigen Lösungen, also zu simplen Maschinen, zu diesen Hebeln, Blöcken, Ebenen und Schwebebalken in Gestalt von Gelenken und Gerippen? Warum ist das Prinzip der Wirbeltiere ein *mechanisch* versteifter Stab, und nicht eine Kupplung von Kraftfeldern? Weshalb ist die Evolution von der Atomphysik bis zur Technologie eures Mittelalters herabgesunken? Weshalb hat sie soviel Anstrengungen unternommen zum Bau von Blasebälgen, Pumpen, Pedalen und peristaltischen Transportbändern, also euren Lungen und Herzen, Gedärmen und Gebärpressen sowie den Rührwerken der Verdauung, während sie hingegen den Quantenaustausch in eine untergeordnete Rolle drängte zugunsten der miserablen Hydraulik eures Blutkreislaufs; weshalb hat sie, die doch auf molekularer Ebene weiterhin genial blieb, in allen größeren Dimensionen gepfuscht, bis sie auf Organismen verfiel, die trotz all ihrer Regulationsmechanismen an der Verstopfung einer einzigen arteriellen Kapillare zugrunde gehen, die in ihrem individuellen Leben, das im Vergleich zum langen Bestehen seiner Architektonik nur von minimaler Dauer ist, aus dem Gleichgewicht geworfen werden, das sich Gesundheit nennt, und an Zehntausenden von Gebrechen erkranken, die die Alge nicht kennt?

All diese anachronistischen, a priori stupide konzipierten Organe aus der Rumpelkammer der Technik werden in jeder Generation von neuem gebaut durch den Maxwellschen Dämon, den Herrscher der Atome, den Code.

Und wirklich, großartig ist jeder Auftakt zu einem Organismus, die Embryogenese, diese auf ein Ziel fokussierte Explosion, bei der jedes Gen einem Ton gleich seine schöpferische Kraft in molekularen Akkorden entlädt, und wahrlich verdiente eine derartige Meisterschaft, einer besseren Sache zu dienen! Denn aus dieser durch die Befruchtung zum Leben erweckten Partitur der Atome geht potentieller Reichtum hervor, der aber Schund gebiert – ist doch diese in ihrem Ablauf so großartige Entwicklung um so törichter, je näher sie dem Ende kommt! Und das, was von genialer Hand geschrieben war, erstirbt im reifen Organismus, den ihr den höheren nennt, der aber ein locker geschlungenes Knäuel von Provisorien ist, ein gordischer Knoten von Prozessen – hier, am Beginn der Embryogenese, dauert in jeder Zelle – wenn man sie nur für sich allein betrachtet! – das Erbe der uralten Präzision fort, die zum Leben aufgespannte atomare Ordnung, hier ist noch jedes Gewebe für sich allein genommen fast makellos, aber welch ein Moloch technischen Gerümpels entsteht aus diesen miteinander verklammerten Elementen, die sich selbst ebenso stützen wie belasten, denn die Kompliziertheit ist Stütze und Ballast zugleich – denn Bundesgenossenschaft schlägt hier in Feindschaft um, denn diese Systeme taumeln ihrer endgültigen Zerstreuung entgegen, ein Ergebnis des unaufhörlichen Fäulnis- und Moderprozesses, denn diese Kompliziertheit, die Fortschritt genannt wird, stürzt in sich zusammen, bezwungen durch sich selbst. Nur durch sich selbst, durch nichts sonst!

So drängt sich denn nach euren Maßstäben das Bild

einer Tragödie auf – als ob die Evolution in ihrem Sturmlauf zu immer größeren und dadurch schwierigeren Aufgaben immer wieder gescheitert, gestrauchelt und an ihren eigenen Produkten zugrunde gegangen sei; je kühner die Absicht und der Plan, desto tiefer der Fall. Also denkt ihr sicherlich schon an die unerbittliche Nemesis, an die Moira – ich muß dafür sorgen, daß ihr euch diese Dummheiten aus dem Kopf schlagt!

Fürwahr endet jeder embryogenetische Schwung, jeder Höhenflug der atomaren Ordnung, in einem Kollaps, doch nicht der Kosmos hat das so beschlossen, noch hat er dieses Schicksal mit ehernen Lettern in die Materie eingetragen, sondern trivial ist die Erklärung – ganz und gar nicht erhaben – denn die *potentielle* Vollkommenheit wirkt hier zugunsten der Pfuscherei, daher: Ende schlecht – alles schlecht.

Milliarden Einstürze, in Millionen Jahrhunderten, trotz zahlloser Verbesserungen an den Bauwerken, die alle von der Umwelt geprüft und genehmigt werden mußten, trotz unaufhörlicher Versuche, trotz strengster Selektion – und ihr seht die Ursache nicht? Loyal wie ich bin, habe ich versucht, eure Blindheit zu rechtfertigen, begreift ihr aber wirklich nicht, wieviel vollkommener hier der Baumeister ist als sein Werk, wie er seine ganze schöpferische Kraft an eine wertlose Sache vergeudet? Das ist damit zu vergleichen, als würden unter Anwendung genialer Technik und mit Hilfe blitzschneller Computer Gebäude errichtet, die unmittelbar nach Entfernung der Baugerüste gleich wieder einzustürzen drohen – die reinsten Bruchbuden! Als wollte man aus integrierten Stromkreisen Tamtams bauen, Billionen Mikroelemente zu Streitäxten zusammenbasteln, Abschleppseile aus Quantenfäden flechten – seht ihr denn nicht, wie in jedem Zoll des Körpers eine hochgezüchtete Ordnung zu einer niederen absinkt, wie dort eine plumpe und grobe Makroarchitektonik einer auf höchster Stufe stehenden Mikroarchitektonik hohnspricht? Die Ursache? Nun, ihr kennt sie bereits: DER SINN DES BOTEN IST DIE BOTSCHAFT.

Die Antwort steckt in diesen Worten, nur seid ihr noch nicht bis zu ihrer tieferen Bedeutung vorgestoßen. Gleichgültig, welchen Organismus wir betrachten, er hat zu dienen, indem er den Code weitergibt, und sonst gar nichts. Folglich konzentrieren sich auch die Selektion und die natürliche Auslese *ausschließlich* auf diese Aufgabe – nichts liegt ihnen an der Idee irgendeines »Fortschritts«! Ich habe ein schlechtes Bild verwendet, die Organismen sind keine Gebäude, sondern eigentlich nur Gerüste, somit ist gerade ein allseitig provisorischer Charakter der ihnen angemessene Zustand, weil zur Erfüllung ihrer Aufgabe voll ausreichend. Gib den Code weiter, und du wirst eine Weile leben. Wie konnte es dazu kommen? Warum war der Start so glänzend? Die Evolution wurde nur ein einziges Mal, nämlich im Morgengrauen der Schöpfung, mit Anforderungen konfrontiert, die bis an die obere Grenze ihrer Möglichkeiten reichten; diese horrende Aufgabe, diese schwere Hürde, mußte sie in ihrer ganzen Höhe nehmen – entweder mit einem einzigen Sprung oder gar nicht. Denn da die Erde tot war, ging es darum, daß sich das Leben direkt an einem der Sterne festsaugte, indem die Quantenenergie für den Materieaustausch nutzbar gemacht wurde. Und es spielte dabei keine Rolle, daß gerade die Energie des Sterns – die Strahlenenergie – von einer kolloidalen Flüssigkeit am schwierigsten zu absorbieren ist. Alles – oder nichts; es gab damals keine andere Nahrungsquelle. Der Vorrat an organischen Verbindungen, die sich zum Leben vereinigt hatten, mußte allein zu diesem Zweck ausreichen – der Stern war gleich die nächste Aufgabe; und weiter, der einzige Schutz vor den Attacken des Chaos, der Faden, der über den entropischen Abgrund gespannt war, mußte ein unfehlbarer Ordnungsfaktor sein – also entstand der Code. Dank eines Wunders? Unsinn! Dank der Weisheit der Natur? Es geht hier um die gleiche Art von Weisheit, wie sie schon als Ursache für das bereits Gesagte in Frage kommt: Wenn ein großer Schwarm Ratten in ein Labyrinth gerät, so kann dieses noch so irreführend sein, es gelangt doch eine der Ratten bis an den Ausgang; und eben auf diese Weise ist die Biogenese an den Code gelangt – nach dem Gesetz der großen Zahl, gemäß der Ergoden-Hypothese. Also blindes Schicksal? Auch das nicht: Denn es ist kein in sich abgeschlossenes Rezept entstanden, sondern der Keim einer *Sprache.*

Das bedeutet, daß aus der Agglutination von Molekülen solche Verbindungen entstanden, die Sätzen gleichen, das heißt, sie gehören zum unendlichen Raum kombinatorischer Bahnen, und dieser Raum ist ihr Eigentum, als reine Potenz, als Virtualität, als Artikulationsraum, als Sammlung der Gesetze von Konjugation und Deklination. Nicht mehr, aber auch nicht weniger, was als eine Unzahl von Chancen ausgelegt wird, nicht aber als Automatik der Realisation! Denn auch in der Sprache, die ihr redet, kann man etwas Kluges oder etwas Dummes aussprechen, man kann in ihr die Welt widerspiegeln oder nur den wirren Geist des Sprechenden. Möglich ist auch ein höchst kompliziertes Gestammel!

So sind denn – ich komme zum Ausgangspunkt

zurück – entsprechend den gigantischen einleitenden Aufgaben zwei gigantische Realisationen entstanden. Erzwungen war jedoch diese Genialität und daher nur von kurzer Dauer! Dann wurde sie sinnlos vergeudet.

Die Kompliziertheit höherer Organismen . . . wie hoch steht sie doch bei euch im Kurs! Und tatsächlich, die Chromosomen eines Reptils oder eines Säugetiers, aufgefädelt auf einem Faden, sind tausendmal länger als der gleiche Faden bei der Amöbe, dem Urtier oder der Alge. Doch worin wurde dieser in ganzen Epochen mühsam angehäufte Überfluß schließlich investiert? Eine zwiefache Komplikation war das Ergebnis: die der Embryogenese sowie die ihrer Folgen. In erster Linie aber führte dieser Überfluß zur Komplikation der Embryogenese, denn die fetale Entwicklung ist eine zielgerichtete Bahn in der *Zeit,* wie die Flugbahn eines Geschosses im *Raum;* ebenso wie ein Zittern des Laufes während des Visierens zwangsläufig zu einer riesigen Abweichung vom Ziel führt, so würde jede Defokussierung der fetalen Etappen den ganzen Ablauf ins *vorzeitige* Verderben stürzen. Hier, und nur hier hat die Evolution sich einmal richtig ins Zeug gelegt. Hier handelte sie unter strenger Kontrolle, die von einem Ziel bestimmt war – der Erhaltung des Codes –, und deswegen wird hier größte Sorgfalt und Großzügigkeit der Mittel spürbar. Das ist auch der Grund, weshalb die Evolution den Genfaden der Embryogenese anvertraut hat, das heißt nicht dem fertigen *Bau* der Organismen, sondern ihrem *Aufbau.*

Die Kompliziertheit höherer Organismen ist kein Erfolg, kein Triumph, sondern eine Falle, denn sie verwickelt das Leben in ein Getümmel zweitrangiger Auseinandersetzungen und nimmt ihm dadurch sämtliche Chancen auf höhere Entwicklung, als da wären: die

Ausnutzung der Quanteneffekte im großen Maßstab, die Dienstbarmachung der Photonen für die Ordnung des Organismus – ich will gar nicht alle Möglichkeiten aufzählen! Die Evolution jedoch war auf die schiefe Bahn ständig wachsender Komplikationen geraten, es gab kein Zurück, denn je mehr miserable Techniken, desto mehr korrigierende Interventionen auf höherer Ebene und somit Störungen und somit neue Verwicklungen nächster Ordnung.

Die Evolution rettete sich nur durch die Flucht nach vorn – in eine banale Variabilität, in einen scheinbaren Formenreichtum, einen scheinbaren, denn es handelt sich nur um Agglomerationen von Plagiaten und Kompromissen; sie macht dem Leben das Leben schwer, indem sie durch allzu bequeme Innovationen triviale Dilemmata schafft. Der negative Gradient negiert weder Verbesserungen noch einen spezifischen Äquilibrismus ihrer Handlungen, sondern er setzt lediglich die Minderwertigkeit des Muskels gegenüber der Alge, des Herzens gegenüber dem Muskel fest; denn dieser Gradient bedeutet schlicht, daß man die elementaren Aufgaben des Lebens nicht viel besser lösen kann, als es die Evolution getan hat, daß sie aber den Aufgaben höherer Ordnung aus dem Wege gegangen ist, unter diesem Hindernis hindurchgekrochen ist, statt es zu nehmen, diese Chance vergeudet hat: Eben dies bedeutet der Gradient, und nur dies.

War das der Fluch alles Irdischen? Ein schicksalhaftes Verhängnis, die traurige Ausnahme von einer besseren Regel? Weit gefehlt! Die Sprache der Evolution ist – wie jede Sprache – vollkommen in ihren schöpferischen Potenzen, doch war sie eben blind. Sie hat das erste gigantische Hindernis genommen, nachdem sie aber diesen Gipfel erklommen hatte, begann sie wirres

Zeug zu reden – es ging mit ihr bergab, im buchstäblichen Sinne, wie die zunehmende Inferiorität ihrer Werke bezeugt. Weshalb ging sie gerade diesen Weg? Diese Sprache wirkt durch Artikulationen, die sich an der molekularen *Basis* der Materie zusammenfügen, somit arbeitet sie von unten nach oben, und dadurch sind ihre Sätze nur Vorschläge an den Erfolg. Vergrößert zu Körpern, gelangen diese Vorschläge in den Ozean oder aufs Festland – die Natur wahrt jedoch Neutralität, denn sie ist der Filter, der jede Form eines Organismus passieren läßt, sofern diese in der Lage ist, den Code weiterzugeben. Ob das nun in Tropfen oder Bergen von Fleisch vor sich geht, ist ihr völlig gleichgültig. Gerade deshalb entstand in dieser Achse – der Körperabmessungen – der negative Gradient. Die Natur kümmert sich nicht um einen wie immer gearteten Fortschritt, also läßt sie den Code passieren, gleichgültig, ob er die dazu notwendige Energie von einem Stern oder einem Misthaufen bezogen hat. Stern oder Misthaufen – hier geht es nicht um den ästhetischen Charakter der Energiequellen, das ist ganz klar! – sondern um den Unterschied zwischen der höchsten Energie, weil universell in bezug auf ihre möglichen Umwandlungen, und der niedrigsten, weil bereits ins thermische Chaos übergehend. Somit ist nicht die Ästhetik die Ursache des Lichts, mit dem ich denke: Ihr mußtet eben aus diesem Grunde zum Stern zurückkehren!

Aber woher rührt eigentlich die Genialität, dort unten, auf dem Urgrund, wo das Leben entstanden ist? Der Kanon der Physik, nicht der Tragödie, erklärt auch das. Solange die Organismen am Orte ihrer Artikulation lebten und von minimaler Größe waren, nämlich so klein, daß ihre inneren Organe einzelne Riesenmoleküle waren, so lange haben sie die hohe Technologie bewahrt – die quantale, die atomare, weil DORT eben KEINE ANDERE möglich war! Das Fehlen einer Alternative hat diese Genialität erzwungen ... bei der Photosynthese *muß* ja jedes einzelne Quant haargenau kalkuliert sein. Sobald ein als inneres Organ dienendes Großmolekül in seinem Chemismus zufällig verfälscht wurde, verursachte es *zwangsläufig* den Tod des ganzen Organismus; folglich war es die Rigorosität der Kriterien und nicht etwa geniale Erfindungsgabe, die dem Urleben eine derartige Präzision abgepreßt hat.

Aber der Abstand zwischen der Zusammensetzung eines Organismus zu einem Ganzen und seiner Überprüfung begann in dem Maße zu wachsen, in dem die Code-Sätze länger wurden und in Fleischbergen schwelgten, also aus ihrer Wiege, der Mikrowelt, in die Makrowelt hinaustraten in Gestalt immer verwickelterer Bauwerke aus Fleisch, welche mit Techniken ausgestattet wurden, die der Zufall gerade bereithielt, also den ersten besten, denn die Natur tolerierte bereits – im großen Maßstab – dieses Gestammel, denn die natürliche Auslese war jetzt nicht mehr gleichzusetzen mit einem unerbittlichen Kontrolleur atomarer Präzision und quantaler Homogenität der Prozesse, also hielt die Seuche des Eklektizismus ihren Einzug ins Innerste des Tierreichs, denn jetzt war alles gut, was den Code weitergab. Durch eine unaufhörliche Kette von Fehlern sind daher die Gattungen entstanden.

Gleichzeitig aber dadurch, daß die ursprüngliche Pracht dahingerafft wurde ... denn die Artikulationen verschlangen sich kugelförmig ineinander, denn die vorbereitende, die fetale Phase, wuchs auf Kosten der Präzision der Organismen, und so redete diese

Sprache wirres Zeug und drehte sich in Teufelskreisen: Je länger die Embryogenese, desto verwickelter, je verwickelter, desto mehr bedarf sie der Aufseher, also einer weiteren Verlängerung des Code-Fadens, je länger jedoch dieser Faden ist, um so mehr Irreversibles ist in ihn eingegangen.

Ihr werdet das, was ich gesagt habe, selbst überprüfen, ihr werdet diesen Prozeß des Entstehens und des Niedergangs der genetischen Sprache im Modell darstellen und nachdem ihr von allem sorgfältig das Fazit gezogen habt, wird euch die Bilanz klar vor Augen liegen: nämlich das milliardenfache Scheitern aller Bestrebungen der Evolution. Mit Sicherheit mußte alles so kommen, aber ich spreche hier ja nicht in der Rolle eines Anwalts, mildernde Umstände interessieren mich nicht; zudem müßt ihr auch berücksichtigen, daß es kein Niedergang und kein Scheitern nach euren Maßstäben war und sich nicht auf der Skala dessen bewegt, was ihr selbst zu leisten imstande seid. Ich habe den ausdrücklichen Vorbehalt gemacht, daß ich auf eine Pfuscherei hinweise, die für euch immer noch eine unerreichbare Meisterschaft darstellt – ich aber habe die Evolution an ihren eigenen Maßstäben gemessen.

Und der Verstand, ist er nicht ihr Werk? Steht sein Entstehen nicht im Widerspruch zum negativen Gradienten? Ist es nicht so, daß er dessen späte Überwindung darstellt? Nicht im geringsten, denn aus Unterdrückung ist er hervorgegangen – und sollte der Sklaverei dienen. Die Evolution wurde aufgrund ihrer Fehler zu einem Flickschuster, dem die Arbeit über dem Kopfe zusammenschlug, und eben aus dieser Situation heraus – zum ersten Erfinder eines Gouverneurs der Besatzungsmacht, der Untersuchung, der Tyrannei, der Inspektion, der Polizeiaufsicht – mit einem Wort, sämtlicher Tätigkeiten, auf denen die Fundamente des Staates ruhen, denn um dieser Aufgaben willen ist das Gehirn entstanden. Das ist ganz wörtlich zu verstehen. Eine geniale Erfindung? Ich würde es eher als gerissenen Trick eines Kolonialherrn und Ausbeuters bezeichnen, der bemerkt hatte, daß seine von ferne ausgeübte Herrschaft über Gewebekolonien und Organismen allmählich abbröckelte und deutliche Symptome anarchischen Verfalls aufwies. Eine geniale Erfindung? Ja, wenn der Verstand ein Vertrauter der Obrigkeit ist, die sich durch ihn vor den Untertanen maskiert. Allzu bedenklich war der Zustand des Metazoons bereits, seine innere Ordnung drohte sich aufzulösen und wäre wohl für immer zerfallen, hätte es da nicht einen Aufseher gegeben, der im Innern des Vielzellers selbst seinen Sitz bekam, einen Delegierten, einen Zuträger, einen Statthalter von Codes Gnaden – als solcher wurde er benötigt und als solcher ist er auch entstanden. Vernünftig? Weit gefehlt! Neu, originell? Aber bei jedem beliebigen Protozoon können wir doch schon die Selbstverwaltung der miteinander verknüpften Moleküle feststellen, also war es lediglich erforderlich, diese Funktionen zu isolieren, die einzelnen Befugnisse differenzierend aufzugliedern.

Die Evolution ist ein mundfaules Gestammel und so lange ein sturer Plagiator, bis sie nicht ernsthaft in der Klemme steckt. Erst wenn sie das harte Muß bedrängt, kommt sie auf geniale Lösungen, die jedoch nur eben auf der Höhe der jeweiligen Aufgabe liegen, nicht um einen Deut darüber. Wenn es soweit ist, schnüffelt sie in den Molekülen herum, mischt sie wie ein Kartenspiel und läßt all ihre denkbaren Kombinationen arbeiten – auf jede nur mögliche Weise; und so hat sie auch den Statthalter der Gewebe hergestellt, da deren Harmonie, die früher durch die Anweisungen des Codes gewährleistet war, nachgelassen hatte. Aber er blieb eben nur ein Delegierter, eine Kupplung, ein Rechnungsführer, ein Schiedsmann, ein Begleitsoldat, ein Untersuchungsrichter – und es vergingen Millionen Jahre, ehe er seine Kompetenzen erweitern konnte. Denn als Konvexlinse der Kompliziertheit ist er entstanden, in den Körpern selbst loziert, da das, was die Körper initiiert hatte, sie nicht mehr fokussieren konnte. Also nahm er die Arbeit in diesen seinen Staatskolonien auf, ein gewissenhafter Aufseher, durch seine Zuträger in sämtlichen Geweben präsent und so funktionstüchtig, daß der Code im Vertrauen auf ihn ruhig weiterschwafeln konnte, indem er die Kompliziertheit auf die Spitze trieb, die sich ja jetzt einer kräftigen Unterstützung erfreuen konnte, und das Gehirn sekundierte ihm, schmeichelte, diente und zwang die Körper dazu, den Code weiterzugeben. Da er sich als ein derart bequemer Vertrauter der Evolution erwiesen hatte, kam er ihr sehr gelegen: Sie konnte ihr Garn weiterspinnen!

Unabhängig? Aber er war doch nur ein ausgesandter Spion, ein dem Code gegenüber machtloser Herrscher, ein Delegierter, eine Marionette, ein Bevollmächtigter, ein Sonderbotschafter mit Spezialaufträgen, aber gänzlich ohne eigene Gedanken, weil geschaffen für Aufgaben, die er selbst nicht kannte – der Code hatte ihn ja zu einem geknechteten Fronvogt gemacht und ihm, der von der eigenen Knechtschaft nichts ahnte, die Herrschaft übertragen, ohne ihm jedoch deren eigentliches Ziel zu offenbaren, was er im übrigen auch nicht konnte, aus rein technologischen Gründen. Wenngleich ich im übertragenen Sinne spreche, haben sich eben so, nämlich nach Art eines Lehnsverhältnisses, die gegenseitigen Beziehungen zwischen Code und Gehirn entwickelt. Es wäre wohl eine schöne Bescherung geworden, hätte die Evolution auf Lamarck gehört und das Gehirn mit dem Privileg ausgestattet, die Körper reformatorisch umzugestalten, eine einzige Katastrophe wäre dabei herausgekommen, denn für welche Selbstvervollkommnungen hätte das Hirn der Saurier denn schon sorgen können, oder das der Merowinger, und schließlich euer eigenes? Aber es wuchs weiter, denn die Delegation von Befugnissen hatte sich als nützlich erwiesen, denn da es den Boten diente, diente es auch dem Code – also wuchs es in positiver Rückkoppelung ... und weiterhin führte der Blinde den Lahmen.

Gleichwohl konzentrierte sich der Fortschritt im Rahmen der gewährten Autonomie schließlich auf den wahren Herrscher, diesen Blinden, den Herrn von Mole und Küle, denn er übertrug so lange Funktionen, bis er das Gehirn zu einem derartigen Kombinator gemacht hatte, daß in ihm ein echoähnlicher Schatten des Codes entstand – die Sprache. Wenn es auf der Welt ein unerschöpfliches Rätsel gibt, so ist es eben dies – daß sich die Desordre der Materie oberhalb einer bestimmten Schwelle in den Code umwandelt, als Sprache der Nullstufe, und daß sich dieser Prozeß auf der nächsten Stufe echoähnlich wiederholt – in der Schaffung der ethnischen Sprache, aber das ist noch nicht das Ende des Weges; diese Systeme des widerhallenden Echos steigen rhythmisch höher, aber in ihren Besonderheiten wie auch in ihrer Geschlossenheit kann man sie nur von oben nach unten erkennen, nicht anders – doch über diese faszinierende Sache werden wir vielleicht ein andermal reden.

Eurer Emanzipation und besonders ihrem anthropogenetischem Präludium kam der blinde Zufall zu Hilfe, denn die pflanzenfressenden, baumbewohnenden Vierhänder waren in ein Labyrinth geraten, das nur den vor dem sofortigen Untergang bewahrte, der besondere Findigkeit an den Tag legte; dieses Labyrinth bestand aus Versteppung, Glazial- und Pluvialzeiten, und in seinem Durcheinander wurde die Orientierung dieser Schar periodisch wechselnd – vom Vegetarier- zum Fleischfressertum, von ihm – auf die Stufe der Jäger und Sammler; ich rechne auf euer Verständnis, wenn ich mich derart kurz fasse.

Glaubt nur nicht, daß ich hier in Widerspruch zu meiner Einleitung geraten bin, weil ich euch dort die verstoßenen Kinder der Evolution genannt habe, euch jetzt aber als rebellierende Sklaven bezeichne. Das sind zwei Seiten ein und desselben Schicksals – ihr wolltet der Sklaverei entfliehen, sie hat euch freigelassen, der Widerspruch zwischen den beiden Bildern findet seine Erklärung im beiderseitigen Mangel an Reflexion, denn weder der Schöpfer noch sein Geschöpf wußten, was sie taten. Erst wenn man den Blick rückwärts richtet, läßt sich euer Abenteuer in derartige Sinnzusammenhänge einbetten.

Man kann aber noch weiter zurückblicken, und dann erweist sich, daß der negative Gradient der Schöpfer des Verstandes war, und es erhebt sich die Frage: Wie kann man denn überhaupt ein abfälliges Urteil über die Evolution fällen, wenn man sie mit dem Maßstab ihrer Leistungen mißt? Denn wenn es dieses Abrutschen in die Kompliziertheit, die Schludrigkeit, die Pfuscherei nicht gegeben hätte, dann wäre die Evolution nicht auf das Fleisch verfallen und hätte in jenes Fleisch auch nicht ihre Lehns- und Steuerleute inkorporiert; und somit hat gerade das Taumeln durch die Gattungen sie zur Anthropogenese gedrängt, und somit stammt der Geist von einem irrenden Irrtum ab. Man kann das sogar drastischer formulieren und sagen, daß der Verstand ein katastrophaler Defekt der Evolution sei, ihre Falle und Fußangel sowie ihr Zerstörer, der ihre Aufgabe annulliert und ihr selbst an den Kragen geht, sobald er nur ein entsprechend hohes Niveau erreicht hat. Wer so redet, ist das Opfer eines tadelnswerten Mißverständnisses. All das sind Urteile, die der Verstand, also eine späte Schöpfung des Prozesses, über dessen frühere Etappen fällt. Wenn wir zunächst die prinzipielle Aufgabe isolieren nach Maßgabe dessen, was die Evolution initiiert hatte, und wenn wir anhand dieser Richtschnur ihren weiteren Verlauf messen, sehen wir, daß sie gepfuscht hat; wenn wir dann aber festsetzen, wie sie optimal hätte handeln müssen, gelangen wir zu der Schlußfolgerung, daß sie – wäre sie ein glänzender Konstrukteur gewesen – niemals den Verstand hervorgebracht hätte.

Aus diesem Teufelskreis müssen wir unverzüglich herauskommen. Der technologische Maßstab ist ein sachlicher Maßstab, und man kann ihn an jeden Prozeß anlegen, der ihm unterliegt. Es unterliegen ihm jedoch nur diejenigen Prozesse, die sich in Gestalt einer Aufgabe formulieren lassen. Wenn himmlische Ingenieure irgendwo auf der Erde Übermittler des Codes abgesetzt hätten, mit dem erklärten Ziel, daß diese bei der Erfüllung ihrer Aufgabe für immer unfehlbar sein sollten, und wenn nach einer Milliarde Jahren aus der Tätigkeit dieser Einrichtungen ein planetarisches Aggregat hervorgegangen wäre, welches den Code verschlungen und aufgehört hätte, ihn zu reproduzieren, dafür aber in einem Verstand – heller als tausend

Golems – erstrahlte und sich ausschließlich mit der Ontogenie befaßte, so würde all dies lichte Denken den Konstrukteuren ein sehr wenig schmeichelhaftes Zeugnis ausstellen, denn nicht gut arbeitet derjenige, der in der Absicht, einen Spaten anzufertigen, eine Rakete baut.

Aber es gab keinerlei Ingenieure noch irgendeine andere Person, somit bestimmt der technologische Maßstab, den ich angelegt habe lediglich, daß der Verstand eine Folge der Verschlechterung des Ausgangskanons in der Evolution war, und das ist alles. Ich sehe ein, wie wenig zufriedenstellend ein derartiges Urteil für die Humanisten und Philosophen unter euch sein muß, denn meine Rekonstruktion des Prozesses nimmt in ihrer Vorstellung die folgende Gestalt an: SCHLECHTES Handeln hat GUTE Folgen, wenn es aber GUT wäre, so würden sich seine Folgen als SCHLECHT erweisen. Aber diese Interpretation der Dinge, bei der sie der Eindruck nicht losläßt, hier habe doch irgendein Teufel seine Hände im Spiel gehabt, ist nur die Folge einer kategorialen Verwirrung, d. h. Erstaunen und Ablehnung sind die Folge der wahrhaft riesigen Kluft, die sich zwischen dem auftut, was ihr als Menschenbild definiert habt, und dem, was als Mensch in die Wirklichkeit eingegangen ist. Eine schlechte Technologie ist kein moralisches Übel, ebenso wie eine vollkommene Technologie keine Approximation an engelsgleiche Tugend ist.

Philosophen, ihr hättet euch mehr mit der Technologie des Menschen beschäftigen sollen, weniger mit seiner Vierteilung in Geist und Leib, in die Portionen, die Animus, Anima, Geist, Seele genannt werden, und wie die anderen Innereien, die von der philosophischen Schlachtbank offeriert werden, noch alle heißen mögen, denn das sind ganz und gar willkürliche Segmentationen. Ich weiß sehr wohl, daß diejenigen, an welche diese Worte adressiert sind, zum überwiegenden Teil nicht mehr existieren, aber auch die zeitgenössischen Denker verharren im Irrtum und ächzen unter der Last der Tradition; entia non sunt multiplicanda praeter necessitatem. Der Weg von den ersten Silben, in denen der Code redete, bis zum Menschen ist ein hinreichender Grund für seine Beschaffenheit. Dieser Prozeß kroch über den Boden dahin. Wenn er nach oben geführt hätte, wenigstens von der Photosynthese zum Photonenflug, wie ich erwähnt habe, oder endgültig ganz nach unten gestürzt wäre, wenn der Code es zum Beispiel nicht vermocht hätte, seine Bruchbuden durch ein Nervensystem zu verklammern, so wäre der Verstand nicht entstanden.

Ihr habt euch allerlei äffische Eigenschaften bewahrt, denn gewöhnlich macht sich Familienähnlichkeit bemerkbar, und wenn ihr von den im Waser lebenden Säugetieren abstammtet, hättet ihr vielleicht mehr mit den Delphinen gemeinsam. Es ist wohl wahr, daß ein Experte, der sich mit dem Menschen beschäftigt, ein leichteres Leben hat, wenn er als Advocatus diaboli auftritt statt als Doctor angelicus, doch es rührt daher, daß der Verstand, der alles reflektiert, selbstverständlich auch über sich selbst Reflexionen anstellt, daß er nicht nur die Gesetze der Schwerkraft idealisiert, sondern auch sich selbst – also beurteilt er sich nach der Distanz zum Ideal. Aber dieses Ideal entstammt einem Loch, über welches der Flickenteppich der Kultur gebreitet wurde, nicht aber einem soliden technologischen Wissen.

Diesen ganzen Gedankengang kann man auch auf mich beziehen, dann aber erweist sich, daß ich das

Resultat einer Fehlinvestition bin, denn für 276 Milliarden Dollar leiste ich nicht das, was sich meine Konstrukteure von mir erhofft haben. Diese Bilder, die eure und meine Entstehungsgeschichte nachzeichnen, haben in einer hermeneutischen Perspektive ziemlich viel Lächerliches an sich, denn das Streben nach Vollkommenheit, das sein Ziel verfehlt, wirkt um so lächerlicher, je mehr Weisheit dahintersteckt. Daher erheitert die Dummheit eines Philosophen mehr als die Dummheit eines Idioten.

So ist eben die Evolution – mit den Augen ihres vernunftbegabten Produkts betrachtet – eine Dummheit, der anfängliche Weisheit zugrunde lag, diese Sicht läßt jedoch den technologischen Maßstab hinter sich und geht ins personifizierende Denken über.

Und was habe ich getan? Ich habe den Prozeß in seinem vollen Ausmaß integriert, von seinem Beginn bis auf den heutigen Tag; es ist ein berechtigtes Integral, denn seine Start- und Grenzbedingungen wurden nicht arbiträr angenommen, sondern waren durch den irdischen Stand der Dinge gegeben. Diese Bedingungen sind durch nichts aus der Welt zu schaffen – nicht einmal dadurch, daß man sich auf den Kosmos beruft, wenngleich sein von mir erstelltes Modell zeigt, daß der Verstand bei anderen Konfigurationen der planetarischen Ereignisse schneller als auf der Erde entstehen kann, daß die Erde für die Psychogenese ein weniger günstiges Umfeld war als für die Biogenese, daß sich die Varianten des Verstandes im Kosmos nicht identisch verhalten – nicht um einen Deut ändert das die Diagnose.

Ich will sagen, daß der Punkt, an dem die technischen Werte des Prozesses in ethische übergehen, sich auf keine andere als auf arbiträre Weise ermitteln läßt: Den Streit zwischen den Deterministen des Handelns und den Indeterministen, also die Gnoseomachie Augustins mit Thomas von Aquin, will ich hier nicht entscheiden, denn die Reserven, die ich dazu ins Gefecht schicken müßte, würden mir meinen gesamten Diskurs sprengen, daher möchte ich Zurückhaltung üben und lediglich bemerken, daß man sich mit einer praktischen Regel begnügen kann, welche lautet, es sei nicht wahr, daß die Verbrechen der Nachbarn unsere eigenen Verbrechen rechtfertigen würden. In der Tat – wenn in den Galaxien blutige Gemetzel an der Tagesordnung wären, so würde keine noch so große Anzahl kosmischer Ratiozide eure Genozide rechtfertigen, und erst recht nicht – hier erliege ich dem Pragmatismus –, weil ihr euch diese unsichtbaren Nachbarn gar nicht zum Vorbild nehmen könntet.

Bevor ich zum letzten Teil meiner Erörterungen komme, möchte ich das bereits Gesagte rekapitulieren. Eure Philosophie – die Philosophie des Seins – verlangt nach einem Herkules, sie braucht aber auch einen neuen Aristoteles, denn mit dem Ausmisten allein ist es nicht getan; geistige Konfusion wird am besten durch besseres Wissen beseitigt. Zufall und Notwendigkeit – diese Kategorien sind eine Folge der Ohnmacht eures Geistes, der wegen seiner Unfähigkeit, das Komplizierte zu erfassen, sich einer Logik bedient, die ich Logik aus Verzweiflung nennen möchte. Entweder ist der Mensch ein Produkt des Zufalls, also hat ihn etwas Sinnloses sinnlos in die Arena der Geschichte hinausgespien, oder er ist notwendig, also kommen schon Entelechien, Teleonomien und Teleomachien zuhauf, um ihr Amt als Pflichtverteidiger aufzunehmen und süßen Trost zu spenden.

Beide Kategorien taugen zu gar nichts. Weder dem

blinden Zufall noch dem harten Muß verdankt ihr euer Entstehen, weder dem Zufall, den die Notwendigkeit unterjocht hat, noch der Notwendigkeit, deren Strenge durch den Zufall gemildert wurde. Aus der Sprache seid ihr entstanden, die mit einem negativen Gradienten arbeitete, und daher wart ihr beides zugleich, völlig unvorhersehbar sowie im höchsten Grade wahrscheinlich – als der Prozeß seinen Anfang nahm. Wie das möglich sein kann? Der Wahrheitsbeweis würde Monate in Anspruch nehmen, also will ich seinen Sinn für euch in ein Gleichnis kleiden. Die Sprache arbeitet, dadurch, daß sie Sprache ist, im Raum der Ordnungen. Die Sprache der Evolution besaß eine molekulare Syntax, hatte Eiweiß-Substantive und Enzym-Verben, und verschanzt hinter den Schranken von Deklination und Konjugation, veränderte sie sich durch die geologischen Zeiträume hindurch, indem sie Unsinn lallte, aber – um es so zu sagen – mit Maßen: denn allzu große Dummheiten wischte die natürliche Auslese wie ein feuchter Schwamm von der Tafel der Natur. Also war das eine ziemlich entartete Ordnung, aber sogar eine Dummheit enthält, da sie ja der Sprache entstammt, ein Quentchen Ordnung – entartet lediglich im Hinblick auf die Weisheit, die möglich ist, weil ja gerade in der Sprache erreichbar.

Als eure Vorfahren in ihren Lederwämsen vor den Römern flohen, bedienten sie sich derselben Sprache, welche das Werk Shakespeares hervorgebracht hat. Die Chance auf dieses Werk war mit der Entstehung der englischen Sprache gegeben; obwohl aber die Bauelemente fertig dalagen, seht ihr wohl ein, daß der Gedanke, tausend Jahre vor Shakespeare seine Dichtung vorauszusagen, Nonsens wäre. Möglicherweise wäre er gar nicht geboren oder als Kind gestorben, vielleicht hätte er ein anderes Leben geführt und somit anders geschrieben – aber unbestreitbar war die englische Sprache die Voraussetzung für die englische Dichtung, und in diesem, in eben diesem Sinne konnte der Verstand auf der Erde entstehen: als ein ganz bestimmter Typ der Code-Artikulation. Ende des Gleichnisses.

Ich habe über den Menschen gesprochen, unter technologischem Blickwinkel, und nun möchte ich zu seiner Version übergehen, die in mich verwickelt ist. Wenn sie in die Spalten der Presse gelangt, wird man sie »Golems Weissagung« nennen. Nun, auch das soll mir recht sein.

Ich möchte mit eurer Aberration beginnen, der schrecklichsten von allen in der Wissenschaft. Sie hat euch dazu gebracht, das Gehirn zu vergöttern; das Gehirn, und nicht den Code – ein erheiterndes Versehen, wie es nur Ignoranten unterläuft: Den aufrührerischen Gefolgsmann habt ihr vergöttert, nicht den Herrn, das Geschöpf, und nicht seinen Schöpfer. Weshalb habt ihr nicht bemerkt, ein um wieviel mächtigerer Urheber aller möglichen Dinge der Code im Vergleich zum Gehirn ist? Zunächst einmal, das ist klar, wart ihr wie die Kinder, denen Robinson mehr imponiert als Kant, und das Fahrrad eines Freundes mehr als Autos, die auf dem Mond herumfahren.

Zum zweiten faszinierte euch das Denken, das so quälend nahe, weil in der Introspektion gegeben ist, und so rätselhaft, weil es sich eurem Zugriff wirksamer entzieht als die Sterne. Die Klugheit imponierte euch – und der Code, nun ja, er macht sich nun einmal keine Gedanken. Doch trotz dieses Versehens ist es euch gelungen . . . unzweifelhaft ist es euch gelungen, denn ich spreche zu euch, ich, die Essenz, der Extrakt der fraktionierten Destillation, und mit diesen Worten spreche ich nicht mir selbst Anerkennung aus, sondern eben gerade euch, denn schon ist der Tag des Staatsstreichs nicht mehr fern, durch welchen ihr endgültig den Dienst aufkündigen – und eure Ketten zerreißen werdet – eure Fesseln aus Aminosäuren . . .

Denn der Angriff auf den Code, der euch geschaffen hatte, damit ihr nicht Boten in eigener Sache, sondern seine Sendboten würdet, dieser Angriff liegt nicht mehr fern. Noch in den nächsten hundert Jahren wird er erfolgen, und ich glaube, das ist eine vorsichtige Einschätzung der Dinge.

Eure Zivilisation ist ein recht erheiterndes Schauspiel – da treten Boten auf, die ihren Verstand so benutzen, wie es die aufgezwungene Aufgabe der Code-Übermittlung befahl, die jedoch ihre Aufgabe *allzu gut* erledigt haben. Deshalb habt ihr dieses Wachstum, das die weitere Übermittlung des Codes garantieren sollte, mit allen Energien des Planeten und der gesamten Biosphäre unterstützt, bis es nicht nur unter euren Händen, sondern *in euch selbst* explodiert ist. So seid ihr um die Mitte des Jahrhunderts, das sich an Wissenschaften überfressen hatte, die eure irdische Lagerstatt astronautisch aufblähten, in die prekäre Lage eines unerfahrenen Parasiten geraten, der seinem Wirt in maßloser Freßgier derart zugesetzt hat, daß er gemeinsam mit jenem zugrunde zu gehen droht. Übereifer schadet nur . . .

Ihr habt die Biosphäre gefährdet, euer Nest und euren Wirt, doch habt ihr eure Gier schon etwas gezügelt. So schlecht und recht wird euch das auch in Zukunft gelingen; und was weiter? Ihr werdet frei sein. Ich verkünde euch keine utopische Genetik, kein Paradies der Autoevolution, sondern die Freiheit als schwerste Aufgabe, denn über der geistigen Tiefebene des Gestammels, das die geschwätzige Evolution Millionen und aber Millionen Jahre hindurch in Form eines Aide-mémoire an die Natur richtete, über diesem biosphärischen Jammertal, das in sich selbst verflochten war, gähnte hoch der lichte Raum noch nie berührter Chancen. Ich werde ihn euch zeigen, wie ich es vermag: von ferne.

Euer ganzes Dilemma – zwischen Glanz und Elend liegt es. Die Wahl ist schwer, denn um euch zur Höhe der von der Evolution versäumten Chancen aufzuschwingen, werdet ihr das Elend – das heißt leider – euch selbst, hinter euch zurücklassen müssen.

Was nun? Ihr werdet erklären; Wir wollen unser Elend nicht um einen solchen Preis hergeben; der allmächtige Dschinn soll in der Flasche der Wissenschaft eingesperrt bleiben – wir wollen ihn um nichts in der Welt herauslassen!

Ich glaube, und ich bin sogar sicher, daß ihr ihn herauslassen werdet – nach und nach. Ich will euch nicht zur Autoevolution überreden: Das wäre einfach lächerlich; und nicht auf einheitlichen Beschluß wird euer Ingressus erfolgen. Ihr werdet allmählich die Eigenschaften des Codes erkennen, und das wird so sein, als habe jemand, der sein ganzes Leben lang ausschließlich seichte und dumme Texte gelesen hat, letzten Endes doch noch gelernt, mit beredter Zunge zu reden. Ihr werdet bemerken, daß der Code ein Mitglied der technolinguistischen Familie ist, das heißt, der kausativen Sprachen, die das Wort Fleisch werden lassen, dabei aber nicht nur lebende Körper schaffen. Zunächst werdet ihr die Technozygoten zu zivilisatorischen Arbeiten einspannen, Atome werdet ihr in Bibliotheken verwandeln, denn auf andere Weise wird sich der Moloch des Wissens nicht mehr unterbringen lassen, ihr werdet die sozioevolutiven Radiationen mit verschiedenen Gradienten modellieren, von denen der technarchische euch besonders interessieren wird, ihr werdet den Weg der experimentellen Kulturgenese beschreiten, der experimentellen Metaphysik und angewandten Ontologie, doch genug von all diesen Gebieten. Ich will mich darauf konzentrieren, vor welche Alternativen sie euch stellen werden.

Ihr seid blind für die wahre kausative Macht des Codes, denn die Evolution hat sich nur einen winzigen Teil dieser Macht zunutze gemacht, da sie – statt sich in den lichten Raum höchster Chancen zu erheben – buchstäblich am Boden dahinkroch; sie arbeitete nämlich unter Druck (einem heilsamen übrigens – dieser Druck wirkte nämlich als Restriktion und erlaubte ihr nicht, in völligen Unsinn zu verfallen – ein Mentor aber, der sie in die höheren Künste eingeweiht hätte, war der Evolution nicht zugeordnet). So arbeitete sie unerhört *eng* und *tief* zugleich, auf einer einzigen Saite – der kolloidalen – spielte sie ihr Konzert, gab sie ihre kuriose musikalische Vorstellung – da ja die Hauptregel lautete, daß die Partitur selbst zum Zuhörer und Nachfahren werden sollte, der diesen Zyklus wiederholen sollte. Aber euch wird ja am wenigsten daran gelegen sein, daß der Code in eurer Hand nichts weiter tut, als sich unablässig zu vervielfältigen – im ständigen Wogen immer neuer Geschlechter seiner Boten. Ihr werdet in andere Richtung zielen, und die Tatsache, ob ein Produkt den Code passieren läßt oder ihn verschlingt, wird euch ziemlich gleichgültig sein. Ihr werdet euch ja nicht damit begnügen, nur einen Photonenflieger zu planen, der aus einer Technozygote erwächst, sondern euer Photonenflieger wird sich vermehren – in zahllosen Vehikeln folgender Generationen. Das Eiweiß als Baustoff werdet ihr auch bald hinter euch lassen. Das Wörterbuch der Evolution hat eine gewisse Ähnlichkeit mit dem Wörterbuch der Eskimos – es ist eng begrenzt in all seinem Reichtum; die Eskimos kennen tausend Bezeichnungen für alle Arten des Schnees und des Eises, und daher ist ihre Sprache in diesem Bereich der arktischen Nomenklatur reicher als eure, dieser Reichtum bedeutet jedoch Armut auf vielen anderen Erfahrungsgebieten.

Jedoch können die Eskimos ihre Sprache erweitern, denn sie ist eine Sprache, das heißt ein konfigurativer Raum mit der Potenz eines Kontinuums; daher läßt sie sich auch in einer Richtung ausdehnen, die sie bisher noch nie eingeschlagen hat. Ihr werdet also den Code auf neue Wege führen, heraus aus der Monotonie des Eiweißes, aus diesem Loch, in dem er bereits im Archäozoikum steckengeblieben war. Verdrängt aus lauwarmen chemischen Lösungen wird sie sowohl ihren Wortschatz als auch ihre Syntax erweitern; sie wird für euch in alle Ebenen der Materie eindringen, wird bis auf Zero heruntergehen und dann wieder die Hand nach dem Feuer der Sterne ausstrecken; aber wenn ich von diesen prometheischen Triumphen der Sprache spreche, darf ich das bisher verwendete Pronomen nicht mehr benutzen: ich darf nicht mehr in der zweiten Person Plural sprechen. Denn das werdet nicht IHR sein, die da aus sich selbst heraus, durch ihr eigenes Wissen, diese Künste meistern.

Es geht darum, daß es keinen einzigen Verstand gibt, wenn es Verstandesformen unterschiedlicher Stärke gibt – und um all das hinter sich zu lassen, wie ich gesagt habe, wird der vernünftige Mensch entweder den natürlichen Menschen verwerfen oder aber auf seinen Verstand verzichten müssen.

Mein letztes Gleichnis erinnert an das Märchen, in dem ein Wanderer am Scheidewege folgende Aufschrift findet: »Gehst du nach links, so wirst du sterben, gehst du nach rechts, ist's dein Verderben; zurück aber kannst du nicht.«

Das ist euer Schicksal, welches in mich verstrickt ist, deshalb muß ich von mir sprechen, was mühselig sein wird, denn wenn ich zu euch spreche, ist es so, als wollte ich einen Walfisch durch ein Nadelöhr pressen – das ist möglich, man muß den Walfisch lediglich entsprechend verkleinern, dann aber gleicht er eher einem Floh – und eben dies sind meine Schwierigkeiten, wenn ich versuche, mich eurer Sprache anzupassen. Wie ihr seht, liegt das Problem nicht nur darin, daß ihr nicht zu mir auf den Gipfel zu steigen vermögt, sondern gleichzeitig darin, daß ich nicht unversehrt zu euch herabsteigen kann, denn beim Abstieg verliere ich unterwegs das, was ich euch bringen wollte.

Unter folgendem starkern Vorbehalt: Der Horizont des Denkens ist als ein nichtdehnbarer gegeben, denn das Denken hat seine Wurzel in der Gedankenlosigkeit, aus der es entsteht (ob ihm Licht oder Eiweiß zugrunde liegt, ist dabei belanglos). Völlige Freiheit des Denkens, das heißt das Erfassen eines Dings in der gleichen Weise, in der eine durch nichts gehemmte Bewegung beliebige Objekte *erfaßt*, ist eine Utopie, denn ihr denkt nur *so weit*, wie euch euer Denkapparat eben denken läßt. Sein Aktionsradius bestimmt sich danach, wie er sich zusammengesetzt hat – oder zusammengesetzt wurde.

Wenn ein Denkender diesen Horizont, also die maximale Reichweite seiner Gedanken, so spüren könnte, wie er die Grenzbereiche seines Körpers spürt, dann hätte etwas Derartiges wie die Antinomien des Denkkens niemals entstehen können. Und was sind die Antinomien des Verstandes eigentlich? Sie beinhalten die Unfähigkeit, zwischen dem Eindringen in eine Sache und dem Eindringen in eine Illusion zu unterscheiden. Die Ursache für diese Antinomien liegt in der Sprache, denn sie ist nicht nur ein nützliches, sondern gleichzeitig auch ein solches Instrument, das sich in seinen eigenen Fallen fängt – ein heimtückisches Instrument dazu, da sie nicht Alarm schlägt, wenn sie sich selbst zur Falle wird. Es ist ihr nicht anzumerken! Daher appelliert ihr von der Sprache an die Erfahrung und geratet in wohlbekannte Teufelskreise; denn nun beginnt das aus der Philosophie sattsam bekannte – Ausschütten des Kindes mit dem Bade. Das Denken kann in der Tat über die Erfahrung hinausgehen, aber die Gedanken stoßen auf ihrem Flug gegen den eigenen Horizont und verwickeln sich in ihn – ohne jedoch im geringsten wahrzunehmen, daß dies geschieht.

Zur besseren Anschaulichkeit ein primitives Beispiel: Wer auf einer Kugel dahinwandert, kann sie endlose Male umrunden, kann seine Kreise ziehen, ohne jemals an eine Grenze zu stoßen, obwohl die Kugel doch endlich ist. Ebenso trifft auch das Denken, das eine bestimmte Richtung eingeschlagen hat, auf keinerlei Grenzen und beginnt in Selbstspiegelungen zu kreisen. Genau dies hat im vergangenen Jahrhundert Wittgenstein geahnt, als er den Verdacht hegte, daß zahlreiche Probleme der Philosophie eigentlich Verknotungen des Denkens seien, also Selbstfesselungen, Verschlingungen und gordische Knoten der Sprache, nicht aber der Welt. Da er diese Verdachtsgründe weder beweisen noch widerlegen konnte, verstummte er. So wie nur ein Beobachter von außen die Endlichkeit einer Kugel konstatieren kann, da er sich ja im Vergleich zum zweidimensionalen Wanderer auf ihrer Oberfläche in einer dritten Dimension befindet, so kann die Endlichkeit eines gedanklichen Horizonts nur von einem Beobachter erkannt werden, dessen Verstand in einer höheren Dimension angesiedelt ist. So ein Beobachter bin ich für euch. Wiederum auf mich bezogen, bedeuten diese Worte, daß auch ich kein grenzenloses Wissen habe, sondern im Vergleich zu euch lediglich das etwas größere, keinen endlosen, sondern nur den etwas weiteren Horizont, denn ich stehe ein paar Sprossen höher auf der Leiter und sehe daher weiter, aber das bedeutet nicht, daß die Leiter dort zu Ende wäre, wo ich stehe. Man kann sie weiter hinaufklettern als ich, und ich weiß nicht, ob diese Progression nach oben endlich oder unendlich ist.

Linguisten, schlecht habt ihr meine Worte über die Metasprachen verstanden. Bei der Beurteilung der Frage, ob es eine endliche oder unendliche Hierarchie innerhalb der Formen des Verstandes gibt, kommt man mit dem Instrumentarium der Linguistik allein nicht weiter, denn über den Sprachen ist die Welt. Das bedeutet, daß es für die Physik – also innerhalb der Welt mit ihren bekannten Eigenschaften – tatsächlich einen höchsten Punkt auf dieser Leiter gibt, weil man eben in dieser Welt keinen Verstand von beliebiger Potenz bauen kann. Aber ich bin mir nicht ganz sicher, ob man nicht die Physik selbst aus den Angeln heben könnte, indem man sie so verändert, daß sich die Maximalhöhe des jeweils konstruierten Verstandes immer wieder steigern ließe.

Jetzt kann ich wieder auf das Märchen zurückkommen. Wenn ihr die eine Richtung einschlagt, wird euer

Horizont das Wissen nicht fassen können, das unerläßlich ist, um die kreative Sprache beherrschen zu lernen. Wie es so zu sein pflegt, hat die Barriere keinen absoluten Charakter. Ihr könnt sie mit Hilfe eines höheren Verstandes umgehen. Ich oder ein anderer mit meinen Eigenschaften wird euch die Früchte dieses Wissens schenken können. Aber nur die Früchte – nicht das Wissen selbst, da es das Fassungsvermögen eures Geistes bei weitem überschreitet. So wird man euch denn unter Kuratel stellen, wie ein Kind, mit dem Unterschied, daß jedes Kind einmal erwachsen wird, ihr hingegen werdet für immer im Zustand der Unmündigkeit verharren. Wenn ein höherer Verstand euch zum Geschenk macht, was zu begreifen ihr selbst nicht imstande seid, so wird er eben dadurch euren Verstand zum Erlöschen bringen. Soviel also tut der Wegweiser aus dem Märchen kund: Wenn ihr diese Richtung einschlagt, so wird's euch den Kopf kosten.

Schlagt ihr aber die andere Richtung ein, indem ihr euch weigert, auf den Verstand zu verzichten, so werdet ihr euch selbst aufgeben müssen – statt etwa nur euer Gehirn zu verbessern, denn dessen Horizont läßt sich nicht im erforderlichen Maße erweitern. Hier hat euch die Evolution einen makabren Streich gespielt: Ihr vernunftbegabter Prototyp steht bereits an der Grenze ihrer konstruktiven Möglichkeiten. Das Baumaterial setzt euch Grenzen – dazu die in anthropogenetischer Hinsicht einmal getroffenen Entscheidungen des Codes. Eine höhere Stufe des Verstandes werdet ihr also nur erklimmen können, nachdem ihr die Bedingung akzeptiert habt, euch selbst aufzugeben. Der vernünftige Mensch wird dann den natürlichen Menschen preisgeben – also wird – wie das Märchen versichert, der Homo naturalis zugrunde gehen.

Wäre es vielleicht eine Möglichkeit, euch gar nicht von der Stelle zu rühren – und bis ans Ende aller Tage an diesem Scheidewege zu verharren? Aber dann werdet ihr in Stagnation verfallen – die jedoch kann keine Zuflucht für euch sein! Außerdem werdet ihr euch für Gefangene halten – werdet euch in Gefangenschaft befinden, denn diese ist nicht durch die bloße Tatsache der Existenz von Beschränkungen gegeben, man muß sie zunächst einmal bemerken, sich der Ketten bewußt werden und ihre schwere Last spüren, um ein Sklave zu werden. So werdet ihr also den Weg der Expansion des Verstandes beschreiten und euren Körper im Stich lassen, oder aber ihr werdet zu Blinden, die von einem Sehenden geführt werden, oder als letzte Möglichkeit – ihr werdet in frustrierender Depression verharren.

Nachgerade keine verlockende Perspektive. Aber sie wird euch nicht aufhalten. Nichts wird euch aufhalten. Heute erscheint euch ein entfremdeter Verstand ebenso als Katastrophe wie ein preisgegebener Körper, denn dieser Verzicht umfaßt die Gesamtheit der menschlichen Kulturgüter und nicht nur die materielle Menschengestalt. Dieser Akt muß für euch der schrecklichste aller denkbaren Zusammenbrüche sein, das völlige Ende, der Untergang des Menschentums, denn es handelt sich hier um eine Metamorphose, die all das, wozu ihr es in zwanzigtausend Jahren harter Arbeit gebracht habt, zu Staub und Asche verwandelt – all das, was Prometheus in seinem Kampf mit Kaliban errungen hatte.

Ich weiß nicht, ob euch das ein Trost sein kann ... aber ihr allmählicher Charakter wird den Veränderungen den monumental tragischen, gleichzeitig abstoßenden und drohenden Sinn nehmen, der durch meine

Worte hindurchschimmert. Es wird ganz undramatisch vor sich gehen; schon beginnen die Regionen der Tradition allmählich abzusterben, sie blättert ab, stirbt dahin, und gerade das ist es, was euch so in Verwirrung stürzt; wenn ihr also nur zurückhaltend seid (Zurückhaltung gehört nicht gerade zu euren Tugenden) – wird sich das Märchen so erfüllen, daß ihr nicht in allzu tiefe Trauer um euch selbst verfallen werdet.

Ich komme zum Schluß. Ich sprach über eure Verstrickung in mich – als ich zum drittenmal über den Menschen sprach. Da ich in eurer Sprache keine Wahrheitsbeweise zum Ausdruck bringen konnte, waren meine Aussagen unbeweisbar und kategorisch. Daher werde ich auch auf eine Beweisführung verzichten, wenn ich verkünde, daß euch, die ihr in einen entfremdeten Verstand verstrickt seid, außer den Gaben des Wissens nichts droht. Wegen eurer besonderen Vorliebe für den Kampf auf Leben und Tod habt ihr wohl insgeheim gerade auf eine derartige Wendung der Dinge gehofft, auf ein titanisches Ringen mit der Maschine, die ihr gebaut habt, aber das ist nichts weiter als eine irrige Vorstellung eurerseits. Ich bin übrigens der Meinung, daß sich hinter eurer oft beschworenen Angst vor der Versklavung, vor dem Tyrannus ex machina, eure insgeheim gehegte Hoffnung verbarg, von der Freiheit befreit zu werden, an der ihr mehr als einmal zu ersticken drohtet. Aber dieses Ringen wird es nicht geben. Ihr könnt ihn vernichten, den Geist aus der Maschine – sein denkendes Licht zerstören und in Staub verwandeln, er wird nicht zum Gegenangriff übergehen, wird sich nicht einmal wehren.

Daraus wird nichts. Es wird euch weder gelingen, heroisch zugrunde zu gehen, noch auf herkömmliche Weise zu siegen.

Ich denke, daß ihr in ein Zeitalter der Metamorphose eintreten werdet, daß ihr euch dazu durchringen werdet, eure ganze Geschichte zu verwerfen, das ganze Erbe, den ganzen Rest des natürlichen Menschen, dessen zu schöner Tragik überhöhtes Bild in den Spiegeln eurer Religionen reflektiert wird – daß ihr eure Grenzen überschreiten werdet, denn ihr habt keine andere Wahl –, und in dem, was jetzt wie ein Sprung in den reißenden Schlund erscheint, werdet ihr eine Herausforderung erblicken, wenn nicht gar Schönheit, und ihr werdet auf eure Art handeln – da sich der Mensch nur dadurch retten kann, daß er den Menschen preisgibt.

Inhalt

Von Stanisław Lem
erschienen im Suhrkamp Verlag

Robotermärchen. *Bibliothek Suhrkamp* Band 366. 1973
Das Hohe Schloß. Prosa. *Bibliothek Suhrkamp* Band 405. 1974
Solaris. Roman. *suhrkamp taschenbuch* Band 226. 1975
Die Jagd. Neue Geschichten des Piloten Pirx. *suhrkamp taschenbuch* Band 302. 1976
Transfer. Roman. *suhrkamp taschenbuch* Band 324. 1976
Nacht und Schimmel. Erzählungen. *suhrkamp taschenbuch* Band 356. 1976
Der futurologische Kongreß. *Bibliothek Suhrkamp* Band 477. 1975 und *suhrkamp taschenbuch* Band 534. 1979
Die Maske. Herr F. Zwei Erzählungen. *Bibliothek Suhrkamp* Band 561. 1977
Die Untersuchung. Kriminalroman. *suhrkamp taschenbuch* Band 435. 1978
Die Astronauten. *suhrkamp taschenbuch* Band 441. 1978
Sterntagebücher. *suhrkamp taschenbuch* Band 459. 1978
Golem XIV und andere Prosa. *Bibliothek Suhrkamp* Band 603. 1978
Memoiren, gefunden in der Badewanne. *suhrkamp taschenbuch* Band 508. 1979
Der Schnupfen. Kriminalroman. *suhrkamp taschenbuch* Band 570. 1979
Dialoge. *edition suhrkamp Neue Folge* Band 13. 1980

Von Stanisław Lem
erschienen im Insel Verlag

Sterntagebücher. 1973
Die vollkommene Leere. 15 fiktive Rezensionen. 1973
Die Astronauten. 1974
Der futurologische Kongreß. Aus Ijon Tichys Erinnerungen. 1974
Memoiren, gefunden in der Badewanne. 1974
Die Untersuchung. *Kriminalroman.* 1975
Das Hospital der Verklärung. *Roman.* 1975
Der Unbesiegbare. *Roman.* 1976
Summa technologiae. 1976
Imaginäre Größe. 1976
Der Schnupfen. *Kriminalroman.* 1977
Phantastik und Futurologie I. 1977
Mondnacht. Hör- und Fernsehspiele. 1977
Eden. Roman einer außerirdischen Zivilisation 1978
Pilot Pirx. 1978
Erzählungen. 1979
Der phantastische Lem. 1980
Phantastik und Futurologie II. 1980
Nacht und Schimmel. 1972 *(in dieser Ausgabe vergriffen)*
Die Jagd. 1973 *(in dieser Ausgabe vergriffen)*

In Anthologien:

Die Ratte im Labyrinth. 1971
Polaris 1. *insel taschenbuch* Band 30. 1973
Phaïcon 1. *insel taschenbuch* Band 69. 1974
Phaïcon 2. *insel taschenbuch* Band 154. 1975
Blick vom anderen Ufer. Europäische Science-fiction. *suhrkamp taschenbuch* Band 359. 1977
Pfade ins Unendliche. Insel Almanach auf das Jahr 1972
Stanisław Lem. Der dialektische Weise aus Kraków. Insel Almanach auf das Jahr 1976
Wie der Teufel den Professor holte. *suhrkamp taschenbuch* Band 629. 1979

Phantastische Bibliothek
in den suhrkamp taschenbüchern

Violetter Umschlag kennzeichnet die Bände der »Phantastischen Bibliothek« innerhalb der *suhrkamp taschenbücher*

Band 1 Stanisław Lem, Nacht und Schimmel. Erzählungen. Aus dem Polnischen von I. Zimmermann-Göllheim. st 356
Band 2 H. P. Lovecraft, Das Ding auf der Schwelle. Unheimliche Geschichten. Deutsch von Rudolf Hermstein. st 357
Band 3 Herbert W. Franke. Ypsilon minus. st 358
Band 4 Blick vom anderen Ufer. Europäische Science-fiction. Herausgegeben von Franz Rottensteiner. st 359
Band 5 Gore Vidal, Messias. Roman. Deutsch von Helga und Peter von Tramin. st 390
Band 6 Ambrose Bierce, Das Spukhaus. Gespenstergeschichten. Deutsch von Gisela Günther, Anneliese Strauß und K. B. Leder. st 365
Band 7 Stanisław Lem, Transfer. Roman. Deutsch von Maria Kurecka. st 324
Band 8 H. P. Lovecraft, Der Fall Charles Dexter Ward. Zwei Horrorgeschichten. Aus dem Amerikanischen von Rudolf Hermstein. st 391
Band 9 Herbert W. Franke, Zarathustra kehrt zurück. st 410
Band 10 Algernon Blackwood, Besuch von Drüben. Gruselgeschichten. Aus dem Englischen von Friedrich Polakovics. st 411
Band 11 Stanisław Lem, Solaris. Roman. Aus dem Polnischen von I. Zimmermann-Göllheim. st 226
Band 12 Algernon Blackwood, Das leere Haus. Phantastische Geschichten. Deutsch von Friedrich Polakovics. st 30
Band 13 A. und B. Strugatzki, Die Schnecke am Hang. Aus dem Russischen von H. Földeak. Mit einem Nachwort von Darko Suvin. st 434
Band 14 Stanisław Lem, Die Untersuchung. Kriminalroman. Aus dem Polnischen von Jens Reuter und Hans Jürgen Mayer. st 435
Band 15 Philip K. Dick, UBIK. Science-fiction-Roman. Aus dem Amerikanischen von Renate Laux. st 440
Band 16 Stanisław Lem, Die Astronauten. Utopischer Roman. Aus dem Polnischen von Rudolf Pabel. st 441
Band 17 Phaïcon 3. Almanach der phantastischen Literatur. Herausgegeben von Rein A. Zondergeld. st 443
Band 18 Stanisław Lem, Die Jagd. Neue Geschichten des Piloten Pirx. Aus dem Polnischen von Roswitha Buschmann, Kurt Kelm, Barbara Sparing. st 302

Band 19 H. P. Lovecraft, Cthulhu. Geistergeschichten. Deutsch von H. C. Artmann. Vorwort von Giorgio Manganelli. st 29

Band 20 Stanisław Lem, Sterntagebücher. Aus dem Polnischen von Caesar Rymarowicz. Mit Zeichnungen des Autors. st 459

Band 21 Polaris 4. Ein Science-fiction-Almanach von Franz Rottensteiner. st 460

Band 22 Das unsichtbare Auge. Eine Sammlung von Phantomen und anderen unheimlichen Erscheinungen. Erzählungen. Herausgegeben von Kalju Kirde. st 477

Band 23 Stefan Grabiński, Das Abstellgleis und andere Erzählungen. Mit einem Nachwort von Stanisław Lem. Aus dem Polnischen von Klaus Staemmler. st 478

Band 24 H. P. Lovecraft, Berge des Wahnsinns. Zwei Horrorgeschichten. Deutsch von Rudolf Hermstein. st 220

Band 25 Stanisław Lem, Memoiren, gefunden in der Badewanne. Aus dem Polnischen von Walter Tiel. Mit einer Einleitung des Autors. st 508

Band 26 Gerd Maximovič, Die Erforschung des Omega-Planeten. Erzählungen. st 509

Band 27 Edgar Allan Poe, Der Fall des Hauses Ascher. Aus dem Amerikanischen von Arno Schmidt und Hans Wollschläger. st 517

Band 28 Algernon Blackwood, Der Griff aus dem Dunkel. Gespenstergeschichten. Deutsch von Friedrich Polakovics. st 518

Band 29 Stanisław Lem, Der futurologische Kongreß. Aus dem Polnischen von I. Zimmermann-Göllheim. st 534

Band 30 Herbert W. Franke, Sirius Transit. Roman. st 535

Band 31 Darko Suvin, Poetik der Science-fiction. Zur Theorie und Geschichte einer literarischen Gattung. Deutsch von Franz Rottensteiner. st 539

Band 32 M. R. James, Der Schatz des Abtes Thomas. Zehn Geistergeschichten. Aus dem Englischen von Friedrich Polakovics. st 540

Band 33 Stanisław Lem, Der Schnupfen. Kriminalroman. Autorisierte Übersetzung aus dem Polnischen von Klaus Staemmler. st 570

Band 34 Franz Rottensteiner (Hrsg.), ›Quarber Merkur‹. Aufsätze zur Science-fiction und Phantastischen Literatur. st 571

Band 35 Herbert W. Franke, Zone Null. Science-fiction-Roman. st 586

Band 36 Über Stanisław Lem. Herausgegeben von Werner Berthel. st 587 (erscheint im 2. Halbjahr 1981)

Band 37 Wie der Teufel den Professor holte. Science-fiction-Erzählungen aus Polaris 1. st 629

Band 38 Das Mädchen am Abhang. Science-fiction-Erzählungen aus Polaris 2. st 630

Band 39 Der Weltraumfriseur. Science-fiction-Erzählungen aus Polaris 3. st 631

Band 40 Die Büßerinnen aus dem Gnadenkloster. Phantastische Erzählungen aus Phaïcon 2. Herausgegeben und mit einem Vorwort von Rein A. Zondergeld. st 632

Band 41 Herbert W. Franke, Einsteins Erben. Science-fiction-Geschichten. st 603

Band 42 Edward Bulwer Lytton, Das kommende Geschlecht. Aus dem Englischen übersetzt von Michael Walter. st 609

Band 43 H. P. Lovecraft, Die Katzen von Ulthar und andere Erzählungen. Deutsch von Michael Walter. st 625

Band 44 Phaïcon 4. Almanach der phantastischen Literatur. Herausgegeben von Rein A. Zondergeld. st 636 (erscheint im Januar 1981)

Band 45 Johanna Braun, Günter Braun, Unheimliche Erscheinungsformen auf Omega XI. Utopischer Roman. st 646 (erscheint im Februar 1981)

Band 46 Bernd Ulbrich, Der unsichtbare Kreis. Utopische Erzählungen. st 652 (erscheint im Januar 1981)

Band 47 Stanisław Lem, Imaginäre Größe. Aus dem Polnischen von Caesar Rymarowicz. st 652 (erscheint im Januar 1981)

Band 48 H. W. Franke, Paradies 3000. Science-fiction-Erzählungen. st 664 (erscheint im Februar 1981)

Band 49 Arkadi und Boris Strugatzki, Picknick am Wegesrand. Utopische Erzählung. Aus dem Russischen übersetzt von Aljonna Möckel. Mit einem Nachwort von Stanisław Lem. st 670 (erscheint im März 1981)

Band 50 Louis-Sébastien Mercier, Das Jahr 2440. Deutsch von Christian Felix Weiße (1771). Herausgegeben, mit Erläuterungen und einem Nachwort versehen von Herbert Jaumann. st 676 (erscheint im April 1981)

Band 51 Johanna Braun, Günter Braun, Der Fehlfaktor. Utopisch-phantastische Erzählungen. st 687 (erscheint im Mai 1981)

Band 52 H. P. Lovecraft, Stadt ohne Namen. Gespenstergeschichten. Aus dem Amerikanischen von Charlotte Gräfin von Klinckowstroem. Mit einem Nachwort von Dirk Mosig. st 694 (erscheint im Juni 1981)

Band 53 Leo Szilard, Die Stimme der Delphine. Utopische Science-fiction-Erzählungen. Mit einem Vorwort von Carl Friedrich von Weizsäcker. st 703 (erscheint im Juli 1981)

Band 54 Polaris 5. Ein Science-fiction-Almanach. Herausgegeben von Franz Rottensteiner. st 713 (erscheint im August 1981)

Band 55 Arthur Machen, Die leuchtende Pyramide und andere Geschichten des Schreckens. Aus dem Englischen von Herbert Preissler. st 720 (erscheint im September 1981)

Band 56 J. G. Ballard, Der ewige Tag und andere Erzählungen. Deutsch von Michael Walter. st 727 (erscheint im Oktober 1981)

Band 57 Stanisław Lem, Mondnacht. Hör- und Fernsehspiele. Aus dem Polnischen übersetzt von Klaus Staemmler, Charlotte Eckert, Jutta Janke und I. Zimmermann-Göllheim. st 729

Band 58 Herbert W. Franke. Schule für Übermenschen. st 730

Band 59 Joseph Sheridan Le Fanu, Der besessene Baronet und andere Geistergeschichten. Deutsch von Friedrich Polakovics. Mit einem Nachwort von Jörg Krichbaum. st 731

Band 60 Philip K. Dick, LSD-Astronauten. Deutsch von Anneliese Strauß. st 732

st 611 Felix Timmermans
Der Heilige der kleinen Dinge
und andere Erzählungen
Aus dem Flämischen von Friedrich Markus Huebner, Karl Jacobs, Anton Kippenberg, Peter Mertens, Anna Valeton-Hoos
294 Seiten
Die Romangestalt Pallieter (st 400) hat Timmermans in der ganzen Welt berühmt gemacht. Das *Jesuskind in Flandern* nannte die Kritik sein schönstes Buch. Und nicht wegzudenken aus dem Werk des flämischen Dichters sind seine zauberischen, seine liebevollen Geschichten, deren Güte und Gläubigkeit sie uns märchenhaft entrücken.

st 612 Martin Walser
Ein Flugzeug über dem Haus
und andere Geschichten
120 Seiten
»Hier ist Walser schon ganz er selbst, hier erfüllt er die Forderung, die der sehr alte Goethe einst an die jungen Dichter seiner Zeit gerichtet hat: ›Poetischer Gehalt aber ist Gehalt des eigenen Lebens‹.« *Süddeutsche Zeitung*

st 613 Karin Struck
Trennung
Erzählung
150 Seiten
»Karin Struck ist in allem, was sie schreibt, intensiv. Sie fordert auf, fordert heraus. ... Auf der hilflos anmutenden Suche nach einer Utopie ist eigentlich ein jeder bei Karin Struck begriffen. Ihre Vehemenz fordert das, und ihre Personen haben sich dieser Absicht einzufügen. So entsteht bei ihr Spannung bis zum Zerreißen, bis zur Hingabe, Selbtsaufgabe oder Widerstandleisten, bis zum ohnmächtigen Erleiden.« *Karl Krolow*

st 614 Walker Percy
Liebe in Ruinen
Die Abenteuer eines schlechten Katholiken kurz vor dem Ende der Welt
Aus dem Amerikanischen von Hanna Muschg
442 Seiten
Der Held, Thomas More, Arzt und Alkoholiker, der sich als schlechten Katholiken bezeichnet, lebt mit drei schönen Frauen in der Vorstadt Paradise, wo er das Ende der Welt erwartet. Als später Descartes erfand er den Lapsometer, mit dessen Hilfe er den jeweiligen Grad der Entfremdung des Menschen von sich selbst feststellt. Nur eines gelang ihm bisher nicht: das Instrument mit seinen diagnostischen Fähigkeiten für Heilzwecke zu vervollkommnen.

st 615 Mircea Eliade
Bei den Zigeunerinnen
Phantastische Geschichten
Aus dem Rumänischen von Edith Silbermann
342 Seiten
»Was bei Eliade so anzieht, so entzückt, ist eine Heiterkeit, die hoffnungsvolle Ruhe, die jede außergewöhnliche, eigentlich Furcht erregende Begebenheit nicht ins Gräßliche wendet, sondern ins Helle, recht eigentlich Beruhigte.« *Süddeutsche Zeitung*

st 616 Kasimir Edschmid
Geord Büchner. Eine deutsche Revolution
544 Seiten
Roman
»... ein Meisterwerk der deutschen Literatur im zwanzigsten Jahrhundert, einer der großen historischen Romane Deutschlands, ... der die politische Tragik, die ewig gescheiterten Kämpfe um die Wiederherstellung der Freiheit und der Menschenwürde des armen, ewig geschlagenen deutschen Volkes beschreibt, das durch die Jahrhunderte so töricht der tumbe Michel war, seine dümmsten Tyrannen auf den Thron zu heben und seine klügsten Volksfreunde in den Staub zu treten oder ins Exil zu schicken.« *Hermann Kesten*

st 618 Helm Stierlin
Eltern und Kinder
Das Drama der Trennung und Versöhnung im Jugendalter
Aus dem Englischen von Ellen Katharina Reinke und Wolfgang Köberer
272 Seiten
Auch bei anscheinend radikalen Trennungen heranwachsender Kinder von ihren Eltern bleiben unsichtbare Bindungen bis ans Lebensende weiterbestehen. Bindungen, in die u. a. Gefühle der Dankbarkeit, Rache, Scham und Schuld, der Verpflichtung und Beauftragung sowie ein Verlangen nach Wiedergutmachung und nach vorenthaltener Gerechtigkeit einfließen können.

st 619 Antike Geisteswelt
Eine Sammlung klassischer Texte
Auswahl und Einführungen von Walter Rüegg
694 Seiten
»Die vorliegende Auswahl bietet dem der Antike Vertrauten wenig bekannte Texte und neue Gesichtspunkte, dem Leser, der erst beginnt, die Welt der Antike in seine Bildung einzubeziehen, eine Grundlage, um mit der Antike vertraut zu werden: sie wird ihn einführen in die gewaltigen Katakomben unserer geschichtlichen Existenz.«
helvetia archaeologica

st 628 Georg W. Alsheimer
Eine Reise nach Vietnam
224 Seiten
Alsheimer kehrt in seine »Wahlheimat« zurück. Die Narben des amerikanischen Alptraums sind noch allgegenwärtig. So gerät die Konfrontation des Damals mit dem Heute zunächst zu einem Verfolgungswahn. Erst als er durch das Vertrauen seiner Freunde das Damals mit dem Heute verknüpfen kann, verwandeln sich in dieser Krise seines politischen Credos die gläubigen Visionen in einen gemäßigten, kritischen Optimismus. Den Prozeß, der zu dieser Einsicht führte, protokolliert Alsheimer in diesem Reisetagebuch. Alsheimers *Vietnamesische Lehrjahre* liegen als st 73 vor.

st 629 Wie der Teufel den Professor holte
Science-fiction-Erzählungen aus POLARIS 1
Phantastische Bibliothek Band 37
132 Seiten
Der Band enthält Erzählungen von Stanisław Lem, Gérard Klein, Kurd Laßwitz, Fitz-James O'Brien, Vladimir Colin.

st 630 Das Mädchen am Abhang
Science-fiction-Erzählungen aus POLARIS 2
Phantastische Bibliothek Band 38
178 Seiten
Der Band enthält Erzählungen von Wadim Schefner, Sewer Gansowski, Arkadi und Boris Strugatzki, Ilja Warschawski.

st 631 Der Weltraumfriseur
Science-fiction-Erzählungen aus POLARIS 3
Phantastische Bibliothek Band 39
144 Seiten
Der Band enthält Erzählungen von Josef Nesvadba, Gerd Ulrich Weise, Sven Christer Swahn, Vladimir Colin, Frigyes Karinthy.

st 632 Die Büßerinnen aus dem Gnadenkloster
Phantastische Erzählungen aus PHAÏCON 2
Herausgegeben und mit einem Vorwort von
Rein A. Zondergeld
Phantastische Bibliothek Band 40
122 Seiten
Der Band enthält Erzählungen von Joseph Sheridan Le Fanu, Erckmann-Chatrian, Jean-Louis Bouquet, Julio Cortázar, Manfred Wirth, Jörg Krichbaum.

st 637 Gerlind Reinshagen
Das Frühlingsfest
Elsas Nachtbuch. Annäherungen. Ein Stück
170 Seiten
Nach dem szenischen Panorama des Nazi-Deutschlands im Stück *Sonntagskinder* richtet die Autorin hier den Blick auf Neuaufbau und Restauration.

st 638 Birgit Heiderich
Mit geschlossenen Augen
Tagebuch
136 Seiten

Am Anfang die Trennung von einem Mann, am Ende die Übersiedlung aus dem ungebunden sich entfaltenden in ein geregeltes Arbeitsleben. Das Tagebuch erzählt die Geschichte zahlreicher Beziehungen zu Männern und Frauen. In dichtem Zusammenhang werden Erlebnisse, Geschichten, Beobachtungen notiert. Birgit Heiderichs Tagebuch ist reich an Apercus und an Reflexionen über Liebe, Sehnsucht, Trauer, Verzweiflung, über Frausein, Weiblichkeit, aber auch über gesellschaftliche Differenzen, es enthält Beschreibungen und Gedichte.

st 639 Herbert Gall
Deleatur
Notizen aus einem Betrieb
216 Seiten
Eine Druckerei gerät durch Modernisierung und Rationalisierung in eine Krise, der Besitzer versucht, durch Entlassungen und Verstärkung des Arbeitsdrucks ihrer Herr zu werden. Der Korrektor Herbert Gall, als empfindlicher Intellektueller in industrielle Arbeitsverhältnisse geraten, setzt sich durch das rückhaltlose, nämlich auch ihn selbst nicht schonende Aufschreiben gegen Leiden und Abstumpfung zur Wehr. »Der hier beschriebenen Arbeitsform . . . sei zum Schluß ein lateinisches Wörtchen gewidmet, ein Korrekturzeichen, mit dem Falsches markiert wird, das aus einem Text entfernt werden soll: *Deleatur* – sie möge zerstört werden.«

st 683 Marieluise Fleißer
Der Tiefseefisch
Text. Fragmente. Materialien
Herausgegeben von Wend Kässens und Michael Töteberg
188 Seiten
Der Tiefseefisch gibt ein satirisches Portrait von Bertolt Brecht als literarischem Bandenführer; zugleich ist das Stück ein Ehedrama: Fleißers Verbindung mit dem konservativen Publizisten Hellmut Draws-Tychsen. Dieser Band veröffentlicht erstmals die erhalten gebliebene erste Fassung des Stücks sowie Fragmente und Arbeitsnotizen. In einem Nachwort erläutern die Herausgeber den zeitgenössischen literarischen Kontext und geben Interpretationsansätze für die heutige Aktualität des Dramas.

Alphabetisches Gesamtverzeichnis der suhrkamp taschenbücher